岩

32-265-2

対　訳

キーツ詩集

——イギリス詩人選(10)——

宮崎雄行編

岩波書店

まえがき

　『エンディミオン』冒頭の 'A thing of beauty is a joy for ever:' または「ギリシャの壺のオード」の 'Beauty is truth, truth beauty,' という句により、よく知られているキーツは、しばしば美の詩人と言われる。しかし、彼の美が大地の意義と密接に関連し、その把捉は常に此岸世界の実相にいよいよ深く歩み入ることに他ならなかった事実をおろそかにしてはならない。キーツは詩人として、まさしく、「大地に意義を与うる者」の一人であった。

　本書はその詩業より、作時に順い、1591 行を抄出し、対訳と脚註を添えたものである。そこに、惜しくも 25 歳で世を去ったこの詩人の、成熟に向う驚嘆すべき達成の跡が認められるであろう。

　本書は、

　1　John Barnard (ed.), *John Keats : The Complete Poems*, Penguin Books, 1973, 3rd edn., 1988.

を底本とし

　2　Miriam Allott (ed.), *The Poems of John Keats*, Longman, 1970.

　3　Jack Stillinger (ed.), *The Poems of John Keats*, Harvard University Press, 1978.

を参照した。なお、脚註に引用した 1 と 2 の註は、それぞれ、[J. B.] [M. A.] と略記した。

この選集が、原詩の精読吟味のために、幾何(いくばく)なりとも手引となりうるならば、編者として何よりのことである。

　2005年2月

　　　　　　　　　　　　　　　　　　　　　　編　　　者

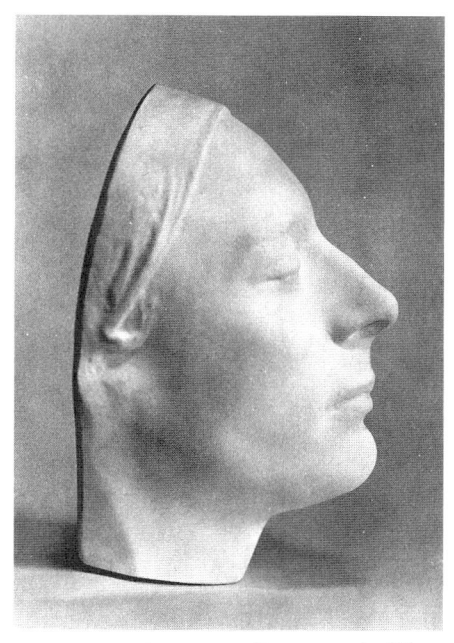

キーツのライフ・マスク(B. R. ヘイドン作)

CONTENTS

[1]	On First Looking into Chapman's Homer	10
[2]	On the Grasshopper and Cricket	12
[3]	'After dark vapours have oppressed our plains'	14
[4]	On the Sea	18
[5]	*From* Endymion	20
(1)	I. 1-33.	20
(2)	I. 232-306.	24
(3)	IV. 146-290.	32
(4)	IV. 512-545.	48
[6]	'In drear-nighted December'	54
[7]	On Sitting Down to Read *King Lear* Once Again	58
[8]	'When I have fears that I may cease to be'	60
[9]	'O thou whose face hath felt the Winter's wind'	62
[10]	'Four seasons fill the measure of the year'	64
[11]	*From* Epistle to J. H. Reynolds (67-105)	66
[12]	To Homer	72
[13]	Ode to Maia. Fragment	74
[14]	'Read me a lesson, Muse, and speak it loud'	76
[15]	*From* Hyperion	78
(1)	I. 1-14.	78

目　　次

まえがき　　3

[1] はじめてチャップマン訳のホーマーを披見して　　11
[2] きりぎりすとこおろぎ　　13
[3] 「暗い雲霧が……」　　15
[4] 海について　　19
[5] 『エンディミオン』より　　21
　(1) 第1巻 (第1-33行)　　21
　(2) 第1巻 (第232-306行)　　25
　(3) 第4巻 (第146-290行)　　33
　(4) 第4巻 (第512-545行)　　49
[6] 「宵々の侘しき十二月に」　　55
[7] 『リア王』再読を期し席を正して　　59

[8] 「わが命はや終りはせぬかと……」　　61
[9] 「おお　その顔に冬の風を感じとり」　　63

[10] 「年の行を四季が満たし」　　65
[11] J. H. レノルズ宛書簡詩より (第67-105行)　　67
[12] ホーマーに　　73
[13] マイアに (オード断章)　　75
[14] 「訓え給え　詩神よ……」　　77
[15] 『ハイピリオン』より　　79
　(1) 第1巻 (第1-14行)　　79

(2)	I. 299-357.	80
(3)	II. 173-243.	86
(4)	III. 82-134.	94
[16]	Fancy	100
[17]	Ode	110
[18]	'Why did I laugh tonight?...'	116
[19]	La Belle Dame sans Merci	118
[20]	'If by dull rhymes our English must be chained'	126
[21]	Ode to Psyche	128
[22]	On Fame (I)	136
[23]	On Fame (II)	138
[24]	Ode on a Grecian Urn	140
[25]	Ode to a Nightingale	148
[26]	Ode on Melancholy	160
[27]	Ode on Indolence	164
[28]	To Autumn	172
[29]	*From* The Fall of Hyperion I. 1-310.	178
[30]	'Bright star! would I were steadfast as thou art'	210
[31]	'This living hand, now warm and capable'	212

(2)	第 1 巻 (第 299-357 行)	81
(3)	第 2 巻 (第 173-243 行)	87
(4)	第 3 巻 (第 82-134 行)	95
[16]	幻　　想	101
[17]	オ　ー　ド	111
[18]	「今宵吾が笑いしは何故……」	117
[19]	美しき非情の女	119
[20]	「吾々の英語が鈍重な韻の鎖に繋がれ」	127
[21]	サイキによせるオード	129
[22]	名声について (一)	137
[23]	名声について (二)	139
[24]	ギリシャの壺のオード	141
[25]	夜鶯によせるオード	149
[26]	憂愁のオード	161
[27]	怠惰のオード	165
[28]	秋　　に	173
[29]	『ハイピリオンの没落』より	
	第 1 曲 (第 1-310 行)	179
[30]	「耀きわたる星よ……」	211
[31]	「生きているこの手は……」	213
	解　　説	215

[1]　On First Looking into Chapman's Homer

Much have I travelled in the realms of gold,
　　And many goodly states and kingdoms seen;
　　Round many western islands have I been
Which bards in fealty to Apollo hold.
Oft of one wide expanse had I been told　　　　5
　　That deep-browed Homer ruled as his demesne;
　　Yet did I never breathe its pure serene
Till I heard Chapman speak out loud and bold:
Then felt I like some watcher of the skies
　　When a new planet swims into his ken;　　　10
Or like stout Cortez when with eagle eyes
　　He stared at the Pacific—and all his men
Looked at each other with a wild surmise—
　　Silent, upon a peak in Darien.

---

[1] 1816年10月の作。初期の佳作として名高いソネット。**1 the realms of gold**=the world of the imagination. [M. A.] 優れた詩歌の世界をたぐえる句。**4 bards**=poets. **Apollo** ここでは詩歌の神としてのアポロ。**5 Oft**=Often. **6 demesne**[dimíːn]=dominion. **8 Chapman** ジョージ・チャップマン(1559頃-1634)。英国の劇作家・詩人。**9-14** 顕現する新たな詩世界に臨む、心の驚

[1] はじめてチャップマン訳の
　　　　ホーマーを披見して

黄金の誉に耀く国々をいと多く旅しつつ
　　私は　あまたの優れた国家また王国を目のあたりにし、
　　アポロに仕え　詩人の忠実に守護する
西方の数ある島々をも遍歴してきた。
一の広大な地平　深き額のホーマーが
　　おのが版図と治める処は　しばしば噂を耳にしながらも、
　　その浄潔晴朗の気を息づくことはかつてなかった
チャップマンが高らかに堂々と声あげるのを聞くに到る迄。
かの時　身に受けし感懐は　天象の観察にいそしむ者が
　　その視圏に新星の揺らぎ入る際に覚ゆると等しく、
　　もしくは　鷲の目もて太平洋を見据えたる時
丈高きコルテスの覚えし懐をさながらに——従う者　悉く
奔放なる憶測を　恣にし互いに見交わす刻の間を——
　　登り立つダリエンの嶺の頂に　ひたに黙して。

いを見事に抒べる。　**11　Cortez**　エルナン・コルテス(1485-1547)。メキシコのアステカ王国を征服したスペインの軍人。ただし、太平洋を発見したのはバスコ・ヌニェス・デ・バルボア(1475頃-1519)であり、W. ロバートソンの『米国史』(1777年)を読み記憶していた史実をキーツが混同したものと考えられる。あるいは、'stout Cortez' の声調が好まれたのかもしれない。

12　　　キーツ詩集

[2]　On the Grasshopper and Cricket

The poetry of earth is never dead:
　When all the birds are faint with the hot sun,
　And hide in cooling trees, a voice will run
From hedge to hedge about the new-mown
　　　　　　　　　　　　mead —
That is the Grasshopper's. He takes the lead　　　5
　In summer luxury ; he has never done
　With his delights, for when tired out with fun
He rests at ease beneath some pleasant weed.
The poetry of earth is ceasing never:
　On a lone winter evening, when the frost　　　10
　　Has wrought a silence, from the stove there
　　　　　　　　　　　　shrills
The Cricket's song, in warmth increasing ever,
　And seems to one in drowsiness half lost,
　　The Grasshopper's among some grassy hills.

---

[2]　1816年12月30日、同じ題材で15分と時間を限り、リー・ハントとソネットの競詠を試みた際の作品と言われる。　**1, 9 The poetry of earth**　虫の鳴く音を詩歌にたぐえる即興の句ではあろうが、やがて深化の一途を辿る、此岸性にむかうキーツの体勢を思えば、'earth' はかりそめならず銘記さるべき一語であろう。　**4 mead**=meadow.　**6-7 have done with**=put an end to.　**10-11 On a lone**

［2］　きりぎりすとこおろぎ

大地の詩(うた)はついに絶えることはない。
　　鳥たちがすべて酷熱の太陽に気も遠くなり
　　　涼しい木蔭に隠れる折にも、一つの声が渡りゆく
刈られたばかりの牧場を囲う垣根から
　　　　　　　　　　　　　　　垣根へと——
それはきりぎりすの声だ。壮(さか)んな夏の悦楽の
　　先導をなし、彼はおのが歓びを
　　尽しきることはない、興に疲れはてれば
どこか快い草蔭に暢(の)びのびと憩うのだから。
大地の詩(うた)はついにやむことはない。
　　淋(さび)しい冬の宵　霜が置き
　　　静寂を築く折にも、炉辺から
　　　　　　　　　　　高い調(しらべ)に
こおろぎの歌はおこる、暖まりつつ　いよいよ高く、
　　眠気に半ば吾を忘れた者に　それは　どこか
　　　草深い丘できりぎりすの鳴く音(ね)かとまがうばかりだ。

---

winter evening . . . a silence　'Ah！ that's perfect！ Bravo Keats！'
とハントが評したという。**wrought**［rɔːt］　work の過去分詞。

[3] 'After dark vapours have oppressed our plains'

After dark vapours have oppressed our plains
  For a long dreary season, comes a day
  Born of the gentle South, and clears away
From the sick heavens all unseemly stains.
The anxious month, relieving from its pains,   5
  Takes as a long-lost right the feel of May,
  The eyelids with the passing coolness play,
Like rose leaves with the drip of summer rains.
And calmest thoughts come round us——
                        as of leaves
  Budding——fruit ripening in stillness——
                        autumn suns   10
Smiling at eve upon the quiet sheaves——
Sweet Sappho's cheek——a sleeping infant's
                        breath——
  The gradual sand that through an

---

[3] 1817年1月31日の作。あらたまる季節の歓びを抒べる。 **5 relieving from**＝a rare intransitive use: *OED* records the sense, 'to lift or raise up again'(1533).[J.B.] **9-10 leaves...in stillness** 植物の生成・成熟のイメジはキーツの作に頻出する。特に、キーツにおける「成熟」(ripeness)の意義は深思に値する。 **9-14** 爽やかな季節の到来に伴い、心寂やかな思いを促すとされるこれらの事項に、

[3] 「暗い雲霧が……」

暗い雲霧が　長い侘しい季節のあいだ
　　野に重く垂れ続けた後に、穏やかな南方生れの
　　一日が来て、病んでいた空から
醜い汚点を悉く消し　すがしくする。
不安に満ちた月が　苦悩から甦り
　　当然の事として　長らく喪われていた五月の気配をおび、
　　瞼は渡りゆく涼気にたわむれる
夏の雨の滴る雫に　薔薇の花びらがするように。
そして　上なく寂かな思いが吾らを廻る——
　　　　　　　　　　　　　　　　　　　　　例えば
　　芽吹いてゆく葉——しんしんと熟れる果実——
　　　　　　　　　　　　　　　　　　　夕まぐれ
静かな刈穂の束に笑みかける秋の日ざし——
麗しいサッフォーの頰——眠る幼児の
　　　　　　　　　　　　　　息づかい——
　　ゆるやかに時計の管を流れ

キーツの詩興の一端が窺われ興味深い。　12　**Sappho**　前7世紀頃のギリシャの女流抒情詩人。

hour-glass runs——
A woodland rivulet——a Poet's death.

---

14 a Poet's death　諸註には、ここでキーツの念頭にあるのはトマス・チャタートン(1752-1770)であろう、とあるが、なお例えば、[13]に歌われる古代の詩人の死の如き。ちなみに、キーツは 'Here lies one whose name was writ in water.'(「ここに眠るはその名を水に記して逝けり。」)という句を自己の墓碑銘に選んだ。

　　　　落ちる砂——
森深くゆくせせらぎ——詩人の死にかかわるような。

1816年のキーツ(J. セヴァン画)

[4] On the Sea

It keeps eternal whisperings around
　　Desolate shores, and with its mighty swell
　　Gluts twice ten thousand caverns, till the spell
Of Hecate leaves them their old shadowy sound.
Often 'tis in such gentle temper found,　　　　　　　　5
　　That scarcely will the very smallest shell
　　Be moved for days from where it sometime fell,
When last the winds of Heaven were unbound.
Oh ye! who have your eye-balls vexed and tired,
　　Feast them upon the wideness of the Sea——　　　10
　　　Oh ye! whose ears are dinned with uproar
　　　　　　　　　　　　　　　　　　　　　rude,
Or fed too much with cloying melody——
　　　Sit ye near some old cavern's mouth and
　　　　　　　　　　　　　　　　　　　　brood,
Until ye start, as if the sea-nymphs quired!

---

[4]　1817年4月の作。キーツは夙(つと)に海を好んだと言われる。ここでは塵労を離れ次の世界へ誘う広闊な自然として歌われるが、やがて、その穏やかな風光は、ワーズワスのいわゆる「神秘の負荷」(the burthen of the mystery)の顕現する啓示の場として捉えられる。[11]参照。　3　**Gluts**＝Fills (a receptacle, channel, pipe, etc.) to excess.
4　**Hecate**　冥界を統べる女神。別名 Phoebe(月の女神)、Diana(狩

[4] 海について

荒れ寂（さ）びた岸を廻（めぐ）り　それは　永遠に
　　呟き続け、その巨大なうねりで
　　　万に倍する洞穴を満たす、やがて　潮（うしお）を統（す）べる
ヘカテの力が古来のくぐもるどよめきを戻してやるまで。
しばしば　それはいとも機嫌おだやかに見受けられ
　　ごくごく小さな貝殻ですら　先頃
　　天上の風が思うさま吹き荒れた折　たまたま
沈んだその場から　幾日もそのまま移されずにいる程だ。
おお　おのが眼球（まなこ）を苦しめ疲労させている方々よ、
　　その眼球を海の広茫（こうぼう）に放ち楽しませてやるがいい——
　　　　おお　耳をうつ俗悪な喧噪に
　　　　　　　　　　　悩む方々、
　　または　聞き飽いた調（しらべ）で耳を食傷させている方々よ——
　　　　どこか年経た洞門のほとりに坐し
　　　　　　　　　　黙想に耽るがいい、
恰（あたか）も海の妖精が斉唱しているかと覚え　はたと驚き入る刻（とき）
　　　　　　　　　　　　　　　　　　　　到る迄（まで）。

————————
の女神）。ここでは潮の干満を司る女神として。

[5] *From* Endymion
(1) I. 1-33.

A thing of beauty is a joy for ever:
Its loveliness increases; it will never
Pass into nothingness; but still will keep
A bower quiet for us, and a sleep
Full of sweet dreams, and health, and quiet
         breathing. 5
Therefore, on every morrow, are we wreathing
A flowery band to bind us to the earth,
Spite of despondence, of the inhuman dearth
Of noble natures, of the gloomy days,
Of all the unhealthy and o'er-darkened ways 10
Made for our searching: yes, in spite of all,
Some shape of beauty moves away the pall
From our dark spirits. Such the sun, the moon,
Trees old, and young, sprouting a shady boon
For simple sheep; and such are daffodils 15

---

[5] (1) 冒頭の大序に当り、美と地上の生との関連を説く。**1** この有名な1行は初め 'A thing of beauty is a constant joy.' と書かれ、改められた。**3 still**=always. **4 bower** 以下の文脈により「寝室」と解す。**6-7** 'the earth' に注目すべきである。美は大地の意義を啓き、吾々の生を朝毎に新たな勇躍へと促す根源に他ならない。**morrow**=morning. 8 **Spite of**=In spite of. **dearth**=scarcity.

[5] 『エンディミオン』より
(1) 第1巻（第1-33行）

美しきものはとこしえに歓びである。
そのめでたさはいや増すばかり、それが無に
帰することは絶えてなく、常に吾らがため
寝間を静粛に保ち　眠りをば
佳き夢と健康と安息もて満たし
　　　　　　　　　　やまない。
さればこそ　朝毎に　絶えず吾らは編み続ける
わが身を大地につなぐ花の絆を、
いかに　失意に迫られようと　心の気高き人々が
惨として世上に乏しくとも　憂いに翳る日々があり
尋めゆくべきさだめの道の悉く健かならず
暗澹たれども。然り、ありとあらゆる不如意にも拘らず
形象美しき或るものが　吾らが暗みし精神より
塞ぐ覆いを奪い去る。等しく然様のものだ　日も　月も
無垢な羊に蔭深き恵みを茂らせ展べる
老木も　若やぐ樹々も、同じく然様のもの　黄水仙も

---

12 pall 棺、墓などにかける黒の布、覆い。　**15 simple**＝innocent.

　この作は1817年4月18日頃より11月28日にかけて制作、1818年4月に刊行。月の女神とエンディミオンに関するギリシャ神話を素材としながら、神話とは異なり、地下、海底、地上、虚空にわたる遍歴と試煉を経て、エンディミオンが夢に顕れた女神と結ばれるに到る物

With the green world they live in ; and clear rills
That for themselves a cooling covert make
'Gainst the hot season ; the mid forest brake,
Rich with a sprinkling of fair musk-rose blooms :
And such too is the grandeur of the dooms   20
We have imagined for the mighty dead ;
All lovely tales that we have heard or read——
An endless fountain of immortal drink,
Pouring unto us from the heaven's brink.

  Nor do we merely feel these essences   25
For one short hour ; no, even as the trees
That whisper round a temple become soon
Dear as the temple's self, so does the moon,
The passion poesy, glories infinite,
Haunt us till they become a cheering light   30
Unto our souls, and bound to us so fast,
That, whether there be shine, or gloom o'ercast,
They alway must be with us, or we die.

語を骨子とし、創意をこらし豊麗な詩美をちりばめた四千行をこえる長篇。その創作につき、この作が自分にとり 'pioneer' となるなら満足すべきだとし、キーツはその理由を「ありがたいことに、シェイクスピアをその深処に到るまで読み、また多分、理解することが出来る故」(1818年2月27日テイラー宛)と言ったが、彼がシェイクスピアの深処に何を観ていたかということはこの作の主題を解く秘鍵となろう。

その生息づく緑の地平と諸共に、炎暑の季に備え
吾とわが身に涼しく隠る場を設ける
清流も、美しき麝香薔薇の花をちりばめ
豊かに生い藉く　森の奥処の草むらも。
更には　偉いなる死者たちのため　吾らが想像に偲ぶ
運命の壮大もまた　然様のもの、
吾らが耳にし　または　読み味わえる愛すべきあらゆる
　　　　　　　　　　　　　　　　　　　　　　物語──

天際より吾らに向い降り注ぐ
不滅の甘露の尽きせぬ霊泉もまた。

　なおまた　これら美の精髄を吾らが身に受けること
短き一刻のみにて終りはせぬ、然にあらずして、神殿を廻り
ざわめく樹々の　いちはやく　神殿そのものに等しく
貴くなりゆく　まさにその経緯をそのまま　月もまた
熱き情を抒べる詩歌も　不朽の栄誉も
絶えず吾らに寄り添い　ついには　吾らが魂を
鼓舞する光となり　更に　固く吾らと結ばれては
吾らが上に日が耀き　はた　暗影の閉すとも関りなく
常に吾らと共に在るべく　さもなくば　吾らは死する他
　　　　　　　　　　　　　　　　　　　　　　なき迄に。

17　**covert**＝shelter.　18　**'Gainst**＝Against.　20　**dooms**＝destinies.　24　**Pouring unto us from**　'Telling us we are on' が改められた.　28　**temple's self**＝temple itself.　29　**poesy**＝poetry.
33　**alway**＝always.

(2) I. 232-306.

O thou, whose mighty palace roof doth hang
From jagged trunks, and overshadoweth
Eternal whispers, glooms, the birth, life, death
Of unseen flowers in heavy peacefulness;　　　235
Who lov'st to see the hamadryads dress
Their ruffled locks where meeting hazels darken;
And through whole solemn hours dost sit, and
　　　　　　　　　　　　　　　　　　hearken
The dreary melody of bedded reeds
In desolate places, where dank moisture breeds　240
The pipy hemlock to strange overgrowth;
Bethinking thee, how melancholy loth
Thou wast to lose fair Syrinx——do thou now——
By thy love's milky brow!——
By all the trembling mazes that she ran——　　　245

---

(2) 'Hymn to Pan' と言われ、[21]を初めとする円熟期のオード群の先蹤として注目すべき箇処。パーンは牧人と家畜の神であるが、「すべて、全宇宙」を意味するギリシャ語と発音を等しくするため、全宇宙を統べる絶対神とされることがある。**232, 233　doth, overshadoweth**＝does, overshadows. -th, -eth は動詞の三人称単数直説法現在語尾(現代英語の -s, -es に当る)。**236, 238　lov'st, dost**

(2) 第1巻（第 232-306 行）

おお　御身　畏き方よ、御身の巨いなる宮居の屋根は
ひび入り裂けし太幹より垂れ、蔭を展べあまねく覆う、
永劫のささめきを、幽暗を、深沈と静まる平安の中
人目に触れず咲く花の誕生と生と死の始終を。
御身は　森の精どもが乱れし髪を
枝さし交す榛の暗がりをなす処にて整える様を　楽しみ眺め、
厳かに移りゆく刻々を坐りつくし、しとどなる
　　　　　　　　　　　　　　　　　　湿潤の気の
管なす茎の毒人参を妖しくも生い繁らせる
荒蓼たる処にて河床に根づく葦の茂みが
侘しく奏でる調に　聴き入り給う、
かつて美しきシリンクスを喪いて
いかに憂き思いにくれしかと回想しつつ──請い希わくは──
御身が恋せし処女のま白き額にかけ──
かの女の身震いして迷走せるあらゆる径の曲折にかけ──

主語 'Who' の先行詞が 'thou' であるため。-st, -est は thou に伴う動詞の二人称単数直説法現在及び過去の語尾。　**236 hamadryads** ＝wood-nymphs.　**238 hearken**＝hear.　**240 dank**＝damp.　**242 Bethinking thee**＝Bethinking thyself（「思い出しながら」）, **loth** ＝loath.　**243 Thou wast**＝You were. wast は thou に伴う be の直説法過去.　**Syrinx**　パーンに追われ葦に身を変じたアルカディア

Hear us, great Pan!

O thou, for whose soul-soothing quiet, turtles
Passion their voices cooingly 'mong myrtles,
What time thou wanderest at eventide
Through sunny meadows, that outskirt the side   250
Of thine enmossèd realms: O thou, to whom
Broad-leavèd fig trees even now foredoom
Their ripened fruitage; yellow-girted bees
Their golden honeycombs; our village leas
Their fairest-blossomed beans and poppied corn;   255
The chuckling linnet its five young unborn
To sing for thee; low creeping strawberries
Their summer coolness; pent up butterflies
Their freckled wings; yea, the fresh budding year
All its completions——be quickly near,   260
By every wind that nods the mountain pine,
O forester divine!

Thou, to whom every faun and satyr flies
For willing service; whether to surprise

のニンフ。風にそよいで音を立てる葦からパーンは pan-pipe(葦笛)を創った。 247 **turtles**=turtledoves. 247-248 **for...myrtles** 鳩の声がかえって静寂を深めるのである。 248 **Passion**=Imbue with deep feeling. [M. A.] 249 **What time**=When. 250 **outskirt**=border. 252 **even**=just. **foredoom**=predestine. 253 **fruitage**=fruits. **yellow-girted** The past participle should

[5] 『エンディミオン』より　　27

吾らが言挙げを聞き給え、偉いなる牧羊の神よ。

おお　御身　畏き方よ、御身の心を和める静寂のために
天人花の木の間にて　山鳩は鳩々と情のたけを声に張る、
夕まぐれ　御身が　苔生すおのが領国の
裾辺を限る　没り日さす草原をゆきゆきて
逍遥し給うその時に。おお　御身　その御前に
葉広き無花果は　ただ今まさに　季を待たずあらかじめ
熟れ満ちし果を奉る、黄の縞おびる蜜蜂は
蜂窩に溢るる黄金の蜜の湛えを、吾らが村の田野は
こよなく美しく花咲ける豆の実や罌粟のまつわる麦の稔りを、
ちちと鳴く紅雀は　御身のために歌うべく
五羽の雛を生れぬ先にいちはやく、低く地を這う苺は
その夏の涼味を、蛹にこもる胡蝶は
斑紋の文なすその翅を。実に　瑞々しく明け初めし年が
その完成のあらゆる証を奉る──疾く出でまし給え　近々と、
深山の松を傾けるなべての風にかけ　希わくは、
おお　森を統べ領らす大神よ。

御身、ファウヌスが　サテュロスが悉く馳せ参じ
歓び仕える方よ、睡魔に襲われ半ば眠りこけたるまま

---

be 'girt' or 'girdled'. [M. A.]　254　**leas**=grass-lands.　256　**young**
「雛鳥」(集合名詞)。　258　**pent up**　蛹にこもり未だ羽化していない
状態を指す。　263　**faun and satyr**　いずれも半人半獣の山野の精。

The squatted hare while in half-sleeping fit; 265
Or upward ragged precipices flit
To save poor lambkins from the eagle's maw;
Or by mysterious enticement draw
Bewildered shepherds to their path again;
Or to tread breathless round the frothy main, 270
And gather up all fancifullest shells
For thee to tumble into Naiads' cells,
And, being hidden, laugh at their out-peeping;
Or to delight thee with fantastic leaping,
The while they pelt each other on the crown 275
With silvery oak apples, and fir cones brown——
By all the echoes that about thee ring,
Hear us, O satyr king!

O Hearkener to the loud clapping shears
While ever and anon to his shorn peers 280
A ram goes bleating; Winder of the horn,
When snouted wild-boars routing tender corn
Anger our huntsmen; Breather round our farms,
To keep off mildews, and all weather harms;

266, 268 flit, draw それぞれ前に to を補って読む。 **270 main**「大海原」。 **272 Naiads'**＝Water-nymphs'. **275 The while**＝While. **276 oak apples**＝oak galls. 特にタマバチの幼虫による oak に出来る虫瘤。 **280 ever and anon**＝now and then.

[5]『エンディミオン』より

うずくまる野兎をおどして起すことにせよ、
こごしく峙つ断崖を軽々と駈け登り
鷲の顎より　哀れな仔羊を救い出すことにせよ、
惑わし誘う不可思議の力により　途方にくれし
羊飼を元の径に導き返すことにせよ、
潮泡の絶えせぬ海原を息もつかせず踏み廻り
　類なく珍かなありとある貝殻を拾い集めることにせよ
御身が　水の精どものこもる棲処に投げ入れては
物陰に身を潜め　窺い出る彼女らを笑種にし給うためにと、
はたまた　奇抜に跳びはね　御身を楽しませることにせよ
互に相手の頭を的に　樫につく銀色の虫瘤や
鳶色の樅の実を投げつけ争うその間――
御身の身辺に響かうあらゆる谺にかけ　希わくは、
吾らが言挙げを聞き給え、おお　サテュロスの王よ。

おお　高らかに鳴り響く鋏の音に耳傾け給う方よ、
毛を摘まれし仲間に向い　時たまに　声あげて
牡羊の歩みよるその間に。角笛を吹き鳴らし給う方よ、
柔く生い育つ麦を　野の猪が鼻息荒くあさりたて
狩人を怒らせるその時に。吾らが耕地の廻りに息吹を送り
仇なす病菌を、更にはあらゆる天災を退け給う方よ、

Strange ministrant of undescribèd sounds, 285
That come a-swooning over hollow grounds,
And wither drearily on barren moors ;
Dread opener of the mysterious doors
Leading to universal knowledge——see,
Great son of Dryope, 290
The many that are come to pay their vows
With leaves about their brows !

Be still the unimaginable lodge
For solitary thinkings ; such as dodge
Conception to the very bourne of heaven, 295
Then leave the naked brain ; be still the leaven,
That spreading in this dull and clodded earth
Gives it a touch ethereal——a new birth ;
Be still a symbol of immensity ;
A firmament reflected in a sea ; 300
An element filling the space between,
An unknown——but no more ! we humbly screen
With uplift hands our foreheads, lowly bending,
And giving out a shout most heaven rending,

---

285 ministrant　「施し与える者」。minister（＝give, provide）より派生。**286 a-swooning**＝swooning. a- は動名詞につける接頭辞。現在は省略されるため -ing は現在分詞とも見なされる。**290 Dryope**　アルカディアのニンフ。ヘルメスと交わりパーンの母となった。**294–296 such as...brain**　'brain' の働きである 'conception' を 'dodge' し、「頭脳」を 'naked（＝destitute）' の状態にしてし

[5]　『エンディミオン』より　　　　　　　　　　　31

空しき地表を絶え絶えに渡り来て
荒れ寂びし不毛の野にも憂く絶え入る
玄妙の響を施し給う　不可思議なる方よ、
万有の知見に到りゆく神秘の扉を
開き給う　畏き方よ——御覧あれ、
ドリュオペーの産みませる偉いなる御子よ、
誓の言葉を奉るべく　額に木の葉をかざしつつ
集い来れる数多の者を。

常に、想像の埓を超えたる宇たり給え、
理解の営為を　及びもつかず　まさしく天穹の極みに
往かしめて、頭脳を虚しくする底の
宿り入る孤高の思念に相応しく。魯鈍にして
土塊をなせるこの大地に遍満し、常に、
一の霊感を——一の新生を与うる酵母たり給え。
常に、無窮大を象る徴とならせ給え、
大洋に映える太虚、
天地の間を満たす太元の気、
ついに識られざるもの——だが　もはや擱くがよい。慎ましく
捧げる双手に額を伏せ　深々と腰を折り
空も裂けよと声の限り　高らかに

まうような 'thinkings' とは、頭脳によってはついに捉えることの出来ぬような「思念」を意味する。　**295　bourne**＝boundary. Frequently used by Keats. Probably suggested initially by *Hamlet*, III. i. 79-80, The undiscover'd country from whose bourn/No traveller returns...[M. A.]　**301　between**＝between heaven and earth.　**303　uplift**＝uplifted.

Conjure thee to receive our humble paean,   305
Upon thy Mount Lycean!

(3) IV. 146-290.

    O Sorrow,
      Why dost borrow
The natural hue of health, from vermeil lips?——
      To give maiden blushes
      To the white rose bushes?   150
Or is't thy dewy hand the daisy tips?

    O Sorrow
      Why dost borrow
The lustrous passion from a falcon-eye?——
      To give the glow-worm light?   155
      Or, on a moonless night,
To tinge, on syren shores, the salt sea-spry?

---

305 paean＝song of praise.
(3) 地下(第2巻)及び海底(第3巻)における体験と試煉を経て地上に戻ったエンディミオンは、美しいインドの娘(実は月神の化身)に遭遇し、恋に落ちる。これは娘がその時おのが来し方を語るロンド風の小曲('roundelay' IV. 145)で、'Ode to Sorrow' 又は 'Song of Sorrow' と呼ばれる箇処。この娘との恋はエンディミオンにとり最大の試煉と

吾らは請い奉る　吾らがつましき讃頌の歌を受納し給えと、
御身のましますリュカイオスの嶺の頂にして。

(3) 第4巻（第146-290行）

　　　おお　悲しみよ、
　　　　何故に奪うのか
自からなる健やかな色合を　丹の唇から——
　　処女の頬の赤らみを
　　　白薔薇の茂みに与えるためか
それとも　露けきそなたの手か　雛菊の縁染めるのは。

　　　おお　悲しみよ、
　　　　何故に奪うのか
爛々たる情炎を　鷹の眸から——
　　蛍に光を与えるためか
　　　それとも　月の出ぬ夜
セイレーンの棲む磯辺にて　鹹くしぶく潮を彩るためか。

なる。**146-172**　ここで好ましきものを奪い去るとされる 'Sorrow' は地上のものの移いの契機であり、換言すれば、此岸性に根ざす必然である。　**147 Why dost borrow**＝Why dost thou borrow...　**148 vermeil**＝vermilion.　**151 the daisy tips**　前に関係代名詞 that を補って読む。'tip' は「先端を飾る」。　**157 syren**　美しい歌声で近くを通る船人を誘い寄せ難破させたという、上半身は女、下半

O Sorrow,
Why dost borrow
The mellow ditties from a mourning tongue?—— 160
　　To give at evening pale
　　Unto the nightingale,
That thou mayst listen the cold dews among?

O Sorrow,
Why dost borrow 165
Heart's lightness from the merriment of May?——
　　A lover would not tread
　　A cowslip on the head,
Though he should dance from eve till peep of
　　　　　　　　　　　　　　　　day——
　　Nor any drooping flower 170
　　Held sacred for thy bower,
Wherever he may sport himself and play.

　　To Sorrow,
　　I bade good-morrow,

身は鳥の海の妖精。 **sea-spry**＝sea-spray. **160 ditties**＝songs. **163 the cold dews among** 押韻のため前置詞 'among' が後置された。 **172 sport himself**＝enjoy himself. **173-181** 'Sorrow' に別れを告げ棄てゆくことは此岸性よりの離反を意味する。それは地上の者には許されざることである。 **174 I bade good-morrow**＝I said good-bye.

[5]『エンディミオン』より

　　おお　悲しみよ、
　　　何故に奪うのか
まどかなる歌の調(しら)べを　ひた歎く舌の上から──
　　　幽(ほの)かに暮れゆく夕(ゆうべ)
　　　夜鶯(やおう)に与えるためか
涼しき夜露に濡れながら耳欹(そばだ)てて聴き入るために。

　　おお　悲しみよ、
　　　何故に奪うのか
心の軽みを　五月の浮き立つ楽しみから──
　　　恋する者なら一輪の九輪草(くりんそう)すら
　　　踏みしだきはせぬものを
夕より暁方に到るまで踊り続けて
　　　　　　　　　　いようとも──
　　　そなたの廬(いおり)に相応(ふさわ)しく聖なるものと見倣される
　　　うなだれて咲くいかなる花をも、
何処(いずこ)に歓を尽して戯れようと。

　　悲しみに
　　　別れを告げ

And thought to leave her far away behind.   175
    But cheerly, cheerly,
    She loves me dearly;
She is so constant to me, and so kind :
    I would deceive her
    And so leave her,   180
But ah! she is so constant and so kind.

Beneath my palm trees, by the river side,
I sat a-weeping: in the whole world wide
There was no one to ask me why I wept ——
    And so I kept   185
Brimming the water-lily cups with tears
    Cold as my fears.

Beneath my palm trees, by the river side,
I sat a-weeping: what enamoured bride,
Cheated by shadowy wooer from the clouds,   190
    But hides and shrouds
Beneath dark palm trees by a river-side?

---

176 cheerly, cheerly 「元気でやろう」との水夫の励ましの掛声。ここでは 'Sorrow' に別れゆくわが身を励ます意に解する。いわば心を鬼にして棄てゆこうと希うにも拘わらず 'Sorrow' は一途にして離れようとしない。 **183 a-weeping**＝weeping. **190 Cheated ... from the clouds** 夢に顕れた月神を恋い求めるエンディミオンの境遇に類似している点、注目に値する。ために、この娘に対する恋情を

[5]『エンディミオン』より

棄ておいて遠くにゆかんと思いしに、
　　剛(たけ)き意(こころ)を　剛き意を、
　　悲しみの愛(いと)しむこと熱く、
心は一途に　傾ける情は優し。
　　歎き別れて
　　棄てゆかんとは希(ねが)えども
あわれ　悲しみの心は一途に　傾ける情は優し。

わが宿の棕櫚(しゅろ)の木蔭　河の岸辺に
涙ながらに坐(ざ)しいたれど、広き世間を見渡す限り
誰一人その理由(ゆえよし)を尋ねし方はなきままに――
　　さればこそ　溢(あふ)れるばかり
睡蓮(すいれん)の花　盃(さかずき)を満たしてやまず　この身の憂いに
　　等しく冷たき涙を注ぎ。

わが宿の棕櫚の木蔭　河の岸辺に
涙ながらに坐していたり、恋慕の情にひたぶるな花嫁なら
雲の陰より姿も見せず口説きし者に欺かれては
　　誰が　河の畔(ほとり)の
小暗(おぐら)き棕櫚の木蔭に身を潜め忍ばずにいられようと歎きつつ。

一層深からしめたであろう。　**191**　**shrouds**＝takes shelter, hide.

And as I sat, over the light blue hills
There came a noise of revellers: the rills
Into the wide stream came of purple hue——　　　195
　　'Twas Bacchus and his crew!
The earnest trumpet spake, and silver thrills
From kissing cymbals made a merry din——
　　'Twas Bacchus and his kin!
Like to a moving vintage down they came,　　　200
Crowned with green leaves, and faces all on
　　　　　　　　　　　　　　flame——
All madly dancing through the pleasant valley,
　　To scare thee, Melancholy!
O then, O then, thou wast a simple name!
And I forgot thee, as the berried holly　　　205
By shepherds is forgotten, when, in June,
Tall chestnuts keep away the sun and moon——
　　I rushed into the folly!

Within his car, aloft, young Bacchus stood,
Trifling his ivy-dart, in dancing mood,　　　210
　　With sidelong laughing;

197　spake＝spoke.　**200　Like to**＝Like.　**204　thou wast**＝you were.　**205　I forgot thee**　'Melancholy' は 'Sorrow' の別名と考えてよいであろう。　此岸性の忘却に胚胎する地上の者の危機を念頭しておくべきである。　**210　ivy-dart**＝thyrsus. バッカスの携えるテュルソスの杖(木蔦または葡萄の葉で巻いた杖に松毬をのせたもの)。

[5]『エンディミオン』より

坐り続けるその中に　明るく青き山々を越え
浮かれ騒ぐ人々のざわめきが来た。せせらぎが
赤紫に色映えて大江に注ぎ入ったと見るまでに──
　　そはバッカスと従う供どち。
トランペットひたぶるに鳴り　銀に顫う響は
打ち交すシンバルより浮きうきととよもして──
　　そはバッカスとその族。
流れ下る葡萄の酒をさながらに　彼らは来た、
緑の葉を頭に冠り　顔悉く
　　　　　　　赤らみ燃えて──
歓び溢れる谿あいを　狂踏乱舞を尽しつつ、
　　憂愁よ、そなたを追い払うべく。
おお　かの時、おお　かの時、そなたは名のみにすぎず。
そなたを忘れ果てたのだ、実の生りし柊が
羊飼に忘れ去られるそのように　六月に入り
高く聳ゆる栗の樹立が日月の光を遮る頃には──
　　されば　この身は一気に馳せて愚かなる騒ぎの中に。

うち乗りし車駕の高処に　若きバッカス立ちはだかり
木蔦のからむ徴の杖を弄ぶ　揚々と胸躍らせて
　　横様に笑みかけながら、

And little rills of crimson wine imbrued
His plump white arms, and shoulders, enough white
    For Venus' pearly bite;
And near him rode Silenus on his ass, 215
Pelted with flowers as he on did pass
    Tipsily quaffing.

Whence came ye, merry Damsels! whence came ye!
So many, and so many, and such glee?
Why have ye left your bowers desolate, 220
    Your lutes and gentler fate?——
"We follow Bacchus! Bacchus on the wing,
    A-conquering!
Bacchus, young Bacchus! good or ill betide,
We dance before him thorough kingdoms wide—— 225
Come hither, lady fair, and joinèd be
    To our wild minstrelsy!"

---

212 imbrued＝dyed. **215 Silenus**[sailíːnəs] 山野に住む精でサテュロスの長でありバッカスを教育したと言われている。 **218 Whence**＝From where. **224 betide**＝happen. **225 thorough kingdoms wide**＝through wide kingdoms. **226 hither**＝here.

[5]『エンディミオン』より

滴りこぼれし些(いささ)かの真紅(しんく)の酒は　ふくよかにま白なる
その腕(かいな)　その肩を染めたれど
　　　　　　　　　　その白きこと
　　愛しみ嚙む(いとお)ヴィーナスの珠(たま)なす歯に相応(ふさわ)しく、
さて　その脇をシレヌスは驢馬(ろば)に跨(またが)り
散華(さんげ)を身に受け進みてゆけり、歩みをはこぶその折に
　　酔いまさり盃あげて。

何処(いずこ)より　そなたら楽し気の乙女子よ、
　　　　　　　　　　　　　何処より。
かくも大勢　かくも大勢うち連れて　またかくも浮かれて。
何故(なにゆえ)に　荒れるに任せ棄てて来たのか　おのが廬(いおり)を、
　　絃琴を　安らぎのまさりし運命(さだめ)を──
「バッカスに従いて、吾らが心をうち靡(なび)け
　　空ゆと進むバッカスに。
バッカス　若きバッカスに。善かれ悪しかれ
前駆して吾らは舞い　広き国内(くぬち)を
　　　　　　　　　　あまねく進む──
いざ来ませ　美(うるわ)しき方よ、たずさわり
　　壮(さか)んなる吾らが歌舞に。」

Whence came ye, jolly Satyrs! whence came ye!
So many, and so many, and such glee?
Why have ye left your forest haunts, why left   230
    Your nuts in oak-tree cleft?——
"For wine, for wine we left our kernel tree;
For wine we left our heath, and yellow brooms,
    And cold mushrooms;
For wine we follow Bacchus through the
                        earth——   235
Great God of breathless cups and chirping mirth!
Come hither, lady fair, and joinèd be
    To our mad minstrelsy!"

Over wide streams and mountains great we went,
And, save when Bacchus kept his ivy tent,   240
Onward the tiger and the leopard pants,
    With Asian elephants:
Onward these myriads——with song and dance,
With zebras striped, and sleek Arabians' prance,
Web-footed alligators, crocodiles,   245
Bearing upon their scaly backs, in files,

---

240 save = except.

[5] 『エンディミオン』より

何処(いずこ)より　そなたら陽気高ぶるサテュロスよ、何処より。
かくも大勢　かくも大勢うち連れて　またかくも浮かれて。
何故(なにゆえ)に　棄てて来たのか　深くなじめる森の棲処(すみか)を、何故に
　　　木の実を樫(かし)の裂け目に遺(のこ)し──
「葡萄の酒を　葡萄の酒を慕いつつ　木の実を蔵(おさ)めし樹を後(あと)に、
葡萄の酒をと　ヒースの野をも　黄花咲く金雀児(えにしだ)をも
　　　涼やかなる茸(きのこ)をも棄てたのだ。
葡萄の酒を慕いつつ　あまねく大地を　バッカスに
　　　　　　　　　　　　　　　　　　　　　　　　従いて──
一気に呷(あお)る盃と陽気にざわめく笑いとの偉いなる神に従い。
いざ来ませ　美しき方よ、たずさわり　うるわ
　　　狂おしき吾らが歌舞に。」

闊(ひろ)き河越え　巨(おお)き山越え　吾らは進む、
木蔦編む天幕(きてんまく)にバッカスのこもる時は措き
虎も豹も進みに進む　喘(あえ)ぎつつ、
　　　諸共にアジアの象も。
歌いつ舞いつ──幾万のこれらの者は進みに進む、
筋目のしるき縞馬や毛並の光るアラビアの勇みたつ駒
諸共に水掻く四肢の大き鰐(わに)　小さき鰐、
列を組み　鱗(うろこ)に鎧う背に乗せ運ぶ

Plump infant laughers mimicking the coil
Of seamen, and stout galley-rowers' toil—
With toying oars and silken sails they glide,
    Nor care for wind and tide. 250

Mounted on panthers' furs and lions' manes,
From rear to van they scour about the plains;
A three days' journey in a moment done:
And always, at the rising of the sun,
About the wilds they hunt with spear and horn, 255
    On spleenful unicorn.

I saw Osirian Egypt kneel adown
    Before the vine-wreath crown!
I saw parched Abyssinia rouse and sing
    To the silver cymbals' ring! 260
I saw the whelming vintage hotly pierce
    Old Tartary the fierce!
The kings of Ind their jewel-sceptres vail,
And from their treasures scatter pearlèd hail.
Great Brahma from his mystic heaven groans, 265

---

247 coil=tumult.　**257 Osirian**　Osirisは古代エジプトの冥府の神で、死と復活を司る。　**adown**=down.　**263 Ind**=India.　**vail**=lower down.　**265 Brahma**　ヒンドゥー教の創造神。

[5]『エンディミオン』より

福々と肥え笑いさざめく童たち　船乗どもの大騒ぎ
　逞しきガレー船の漕ぎ手の労をまねながら──
戯れて櫂弄び　絹の帆を張り滑りゆく
　　風の向き　潮の流れは心に留めず。

豹の柔毛　獅子の鬣に跨りて
大平原を駈け廻る　殿より前駆に到る揃い踏み、
三日の行旅も一瞬の間にゆきつくす。
また　いつの日も　朝日子の昇る頃には
槍、角笛を振りかざし　荒野を廻り狩を進める
　　機嫌斜めの一角獣を駆りながら。

吾は見たり　オシリスのエジプトが跪くのを
　　葡萄を環に編む冠の前に。
吾は見たり　涸れ果てしアビシニアが起ち歌うのを
　　シンバルの銀にとよむ響に調あわせて。
吾は見たり　圧し傾ける葡萄の酒が熱き力に貫く様を
　　気象烈しき年経たるタタールを。
インドの諸王は宝玉燦く笏を伏せ
その財を傾け　霰なす真珠を撒く。
偉いなる梵天も神秘にいます蒼天より呻きをあげ

And all his priesthood moans;
Before young Bacchus' eye-wink turning pale.——
Into these regions came I following him,
Sick hearted, weary—— so I took a whim
To stray away into these forests drear　　　　　　　　270
　　　Alone, without a peer:
And I have told thee all thou mayest hear.

　　　Young stranger!
　　　I've been a ranger
In search of pleasure throughout every clime:　　　275
　　　Alas, 'tis not for me!
　　　Bewitched I sure must be,
To lose in grieving all my maiden prime.

　　　Come then, Sorrow!
　　　Sweetest Sorrow!　　　　　　　　　　　　　280
Like an own babe I nurse thee on my breast:
　　　I thought to leave thee
　　　And deceive thee,
But now of all the world I love thee best.

273-290　この小曲の終結部。'Sorrow' といい 'Melancholy' という此岸の実相をひたすら逃れようとする体勢を転じ、かえってこれに正対し進んで受容することが回生の転機となる。'Sorrow' は今こそ彼女の生に対する外的制約ではなく、いわば、内的な運命に変容し、彼女の母となり兄となり友となり、また恋人となる。移ろいを事とする此岸の美を善しとする明るい勁さが誕生する。'Sorrow' の全面的受

仕える僧侶　悉く歎(ことごと)きを洩らす、
若々しきバッカスの瞬(まばた)く目(まなこ)に色を喪(うしな)い──
吾は来れり　彼に従いこれらの国に
心憂えて倦み疲れ──されば　侘しきこれらの森の奥深く
ふと気まぐれに駆られつつさ迷い入りぬ、
　　　ただ独り　伴もなく。
さて　お聞かせ出来よう事は皆これにて語りおおせたり。

　　　見も知らぬ若者よ、
　　　あらゆる風土をゆきゆきて
流離(きすら)いわたり　快楽を求め来れど
　　　あわれ　そは為すべからざりしこと。
　　　必ずや魅せられいたるに相違なし
処女(おとめ)の盛りを悉く歎(うち)きの裡(うち)に喪い尽してしまうとは。

　　　されば　悲しみよ、来れかし。
　　　類(たぐい)なく甘美なる悲しみよ、
自ら産(う)める嬰児(みどりご)のごと　わが胸にそなたを抱(いだ)き育(はぐく)まん。
　　　そなたに別れ
　　　そなたを欺かんと希(ねが)いはしたれど
今や　あまねく世の中に　そなたはわが最愛の者。

────────

容が此岸性を啓く鍵であることの意味は深重である。この、インドの娘、実は月神の語る遍歴の意義は、ひいては、『エンディミオン』の主題に対する暗示を秘めていると考えられる。更に、この小曲の詩想は後の[26]のそれに先行すると言ってよい。

>   There is not one, 285
>   No, no, not one
> But thee to comfort a poor lonely maid:
>   Thou art her mother,
>   And her brother,
> Her playmate, and her wooer in the shade. 290

(4) IV. 512-545.

>   There lies a den,
> Beyond the seeming confines of the space
> Made for the soul to wander in and trace
> Its own existence, of remotest glooms. 515
> Dark regions are around it, where the tombs
> Of buried griefs the spirit sees, but scarce
> One hour doth linger weeping, for the pierce
> Of new-born woe it feels more inly smart:

---

(4) **515 of remotest glooms** 'a den'(512)にかかる。 **519 inly**=inwardly.

　インドの娘に対するエンディミオンの恋は、如何に切実であっても、夢に啓示され彼が希求してきた本来の憧れとは矛盾するものであった。従って、前条の「悲哀の歌」に続き両者が共にする天馬による飛翔は'some destruction'(IV. 330)に対する危機感をも孕む甘美にしてひた

一人もなく
　　否、否、誰一人とてなく
そなたを措きては、哀れに寂しき処女(おとめ)の心を和める者は。
　　そなたは　その母
　　また　その兄
その遊びの伴、木蔭にて烈しく恋を抒(の)べ迫る者。

(4) 第4巻(第 512-545 行)

　　　　魂が流離(さすら)いゆき
おのが在の証(あかし)を跡づけるべく定められた
その地平を限ると覚しき境界の　更に彼方に
杳遠(ようえん)この上なき幽暗の鎖(とざ)す　一の洞窟がある。
周囲には暗澹たる領域が拡がり　そこに精神は
歎きを葬りし奥津城(おくつき)を幾基も目睹するが　涙ながらに
廻(もとお)いとまは一刻(ひととき)とてない。新たに兆(き)す
苦悩の痛みがいや増し鋭く身に迫るのを覚えるからである。

ぶるな停滞の境に他ならない。そこで体験されるのは精神的・天上的な憧憬と人間的・地上的な愛着との葛藤が渦巻く動乱と言ってよく、その様な危険な緊張状態が永続するはずはなく 'Some　fearful　end must be.' (Ⅳ. 478) という予感がやがて現実となり、自己分裂の極、一切を失いつくしたエンディミオンが足を踏み入れる「静寂の洞窟」('Cave of Quietude' Ⅳ. 548) を抒べる箇処である。それは、悲嘆と苦

And in these regions many a venomed dart 520
At random flies; they are the proper home
Of every ill: the man is yet to come
Who hath not journeyed in this native hell.
But few have ever felt how calm and well
Sleep may be had in that deep den of
                              all. 525
There anguish does not sting; nor pleasure
                              pall:
Woe-hurricanes beat ever at the gate,
Yet all is still within and desolate.
Beset with plainful gusts, within ye hear
No sound so loud as when on curtained bier 530
The death-watch tick is stifled. Enter none
Who strive therefore: on the sudden it is won.
Just when the sufferer begins to burn,
Then it is free to him; and from an urn,
Still fed by melting ice, he takes a draught—— 535
Young Semele such richness never quaffed
In her maternal longing! Happy gloom!
Dark Paradise! where pale becomes the bloom

悩が絶えず踵を接して移りゆく世界の表層から深く沈潜した、いわば、存在以前の薄明と静謐に覆われる、あらゆる対立の彼岸として、万有の誕生を支える母胎とも言うべき全き受容の相を暗示している。悲しき地上の営為を壮大な全攬的立場で観省する「暗き楽園」であり、一切を救いとるという最高の能動性を孕む魂のヴィジョンである。
526 pall「飽かせる、食傷気味にする」。**529 plainful**＝mourn-

また これらの領域には 数多の毒箭が
　恣に乱れ飛んでいる。そこは あらゆる害悪の
生来の棲処であり 地獄を必定として生じたこの場を
旅せし験なき者は 必ずいつかは行かねばならぬ。
されど あらゆるものの中 わけても深きかの洞窟に於て
いかに静けく快く眠りの得られるか 身に受けて識りたる
　　　　　　　　　　　　　　　　　　　　　　　人は少い。
そこでは 苦悩が痛みを以て迫ることも 快楽に食傷する
　　　　　　　　　　　　　　　　　　　　　　 こともない。
門辺には絶えず苦患の疾風が吹きすさぶとも
内に入れば 一切は静であり空である。
八方より吹きよせる悲風はあれど 内なる者には
物の音は絶えて聞かれぬ 帷に覆う柩の上に
死を報らす甲虫が幽かに打つ刻の消え入るその折ほども。
されば 何人も求めては入りえず、門戸は俄に開かれる。
悩める者がまさに放下の炎に燃えたつその機に
出入は意の儘となる。そして 融けゆく氷が満たしてやまぬ
一の甕より 一口含み飲み干すのだ——
その豊けさは うら若きセメレーといえど 子を産む希いの
切なる儘に呷りしことなき程のもの。めでたき幽暗よ、
暗き楽園よ、蒼ざめし顔色の健やかな彩りに

―――――――

ful. **531 death-watch**＝any of various insects which make a noise like the ticking of a watch, supposed by the superstitious to portend death (*OED*). **533-534 Just when...free to him** 悩める者の自我が崩壊し、万有と相通う境地に到りはじめて門戸が開かれるとの意。**536 Semele** ゼウスに愛されディオニュソス(バッカス)を産んだ。

Of health by due ; where silence dreariest
Is most articulate ; where hopes infest ;   540
Where those eyes are the brightest far that keep
Their lids shut longest in a dreamless sleep.
O happy spirit-home! O wondrous soul!
Pregnant with such a den to save the whole
In thine own depth.   545

まさに華やぎわたる処、侘(わび)しき限りの沈黙が
何より雄弁なる処、希望が却ってはびこる禍(わざわい)となる処、
夢なき眠りに最も長く瞼(まぶた)を閉じ続ける
その目が類(たぐい)もなく際だち耀(かがや)きわたる処。
おお　めでたき霊の故郷、おお　驚嘆すべき魂、
おのが深処(ふかみ)に　大全を救い取るかくの如き洞窟を
孕(はら)み持てるからは。

[6] 'In drear-nighted December'

I

In drear-nighted December,
　　Too happy, happy tree,
Thy branches ne'er remember
　　Their green felicity:
　The north cannot undo them,　　　　　　　　　5
　With a sleety whistle through them,
　Nor frozen thawings glue them
　　From budding at the prime.

II

In drear-nighted December,
　　Too happy, happy brook,　　　　　　　　　10
Thy bubblings ne'er remember
　　Apollo's summer look;
　But with a sweet forgetting,
　They stay their crystal fretting,

---

[6] 3 ne'er=never. 5 north 「北風」。 7 frozen thawings いったん融けた氷や雪が再び凍りついたもの。 7-8 glue.../From budding 「芽ぶかぬように固めてしまう」。 8 prime=spring. 14 stay=stop, cease. fretting＞fret(「波立ち騒いで岸を浸す」).

　1817年12月の作。『エンディミオン』の「静寂の洞窟」に拵べられた受容の体勢を主題とする。この体勢はキーツがシェイクスピア体験

[6] 「宵々の侘しき十二月に」

I

宵々の侘しき十二月に
　　余りにも幸福な　幸福な樹立よ、
お前の枝々は思い出しはせぬ
　　かつての耀く緑の至福を。
　吹き通る霙まじりのざわめきで
　北風がその枝ぶりを害うことは出来ず、
　雪消の水の凍てついて凝らせようと
　　春の盛りに芽吹くのを止めはえない。

II

宵々の侘しき十二月に
　　余りにも幸福な　幸福な小川よ、
お前の泡立つ流れは思い出しはせぬ
　　日の神の夏の面影を。
　心地よき忘却にひたり、
　透き通る波を起し岸をえぐるのをやめ、

を通じ感得した、いわゆる 'Negative Capability' の発現相に他ならない。キーツは 1817 年 12 月 21 日二人の弟宛の書簡において '... and at once it struck me what quality went to form a Man of Achievement, especially in Literature, and which Shakespeare possessed so enormously——I mean *Negative Capability*, that is, when a man is capable of being in uncertainties, mysteries, doubts,

Never, never petting 15
    About the frozen time.

III

Ah! would 'twere so with many
    A gentle girl and boy!
But were there ever any
    Writhed not of passèd joy? 20
    The feel of not to feel it,
    When there is none to heal it,
    Nor numbèd sense to steel it,
        Was never said in rhyme.

---

without any irritable reaching after fact and reason...'と言っている。それは、小慧をもって「事実はこう、理由はこれこれ」と性急に割り切ろうとはせず、ひろやかに体勢を開いて謎めいた不可解な事態に正対し、観相の成熟を堪えて待つ力を意味する。そこには同時に、例えば、斎藤茂吉の謂う「潜勢の充満」があり、「能働の潜勢」が働いているのは言うまでもない。'Negative'は「無作為」「去私」を意味

凍てつく季をあげつらい
　　苦情を言いたてることは絶えてなく。

　　　　　III
ああ　然様にあらまほしきもの　数多の
　　優しき少女子や男子の上にも。
されど　かつて　還らぬ歓びを
　　歎き悶えぬ者が　誰かいたろうか。
何一つ癒すものなく
固縛する感覚の痺れはなくとも
その歎きを身にしみて感ぜぬ境地、
　　それが詠まれたことはついになかった。

する。キーツの人と詩業の解明に、この 'Negative Capability' が常に貴重なしるべであることをおろそかにしてはならない。
15　petting＞pet＝sulk, complain.　**17　would 'twere**＝I wish it would be.　**21-23** 'Negative Capability' の堪えて待つ体勢。

[7] On Sitting Down to Read *King Lear* Once Again

O golden-tongued Romance, with serene lute!
  Fair plumèd Syren, Queen of far-away!
  Leave melodizing on this wintry day,
Shut up thine olden pages, and be mute:
Adieu! for, once again, the fierce dispute   5
  Betwixt damnation and impassioned clay
  Must I burn through, once more humbly assay
The bitter-sweet of this Shakespearian fruit:
Chief Poet! and ye clouds of Albion,
  Begetters of our deep eternal theme!   10
When through the old oak forest I am gone,
  Let me not wander in a barren dream,
But, when I am consumèd in the fire,
Give me new Phoenix wings to fly at my desire.

───────────

[7]　1818年1月22日の作。シェイクスピアはキーツが終生敬仰してやまず、信順を尽し近づこうとした至高の先達であった。『エンディミオン』に続く『ハイピリオン』制作のため、シェイクスピアの悲劇の最高峰と目される『リア王』をあらためて体験し、新たな詩作の力を期する気いを抒べるソネット。　**1 Romance**　『エンディミオン』の副題は *A Poetic Romance* であった。　**5-6 the fierce ...**

［7］『リア王』再読を期し席を正して

手に清明の琴を執り　舌に黄金の調(しらべ)をのせるロマンスよ、
　　羽を持つ美しき歌の精　遥かな時空を統(す)べる女王よ、
　　　冬(ひとひ)のこの一日　奏楽は擱(お)き
御身の古りにし書(ふみ)を閉じ　黙(もだ)すがよい。
いざ　別れなん。改めていま一度(ひとたび)　奈落への転落と
　　有情の土偶との熾烈(しれつ)な闘争を　燃えながら
　　　行き尽さねばならぬ故、なお一度(ひとたび)　シェイクスピアの
甘苦渾然たるこの一顆の作を　慎(つつま)く試み味わわねばならぬ故に。
至高の詩人、またアルビオンの空渡る御身ら雲(くも)の数々、
　　吾らが深遠なる久遠(くおん)の主題を生みなす者たちよ、
年経し樫(かし)の森林を通過し了えたる時に
　　不毛なる夢中を踏み迷わせず、
この身を焰(ほのお)に焼き尽したる暁には
希(ねが)いのままに飛び渡る新しき不死鳥の翼を与え給え。

---

clay　『リア王』の見事な要約である。　6　**impassioned clay**　感情を吹き込まれた土塊とは「人間」のこと。　7　**burn through**　自己を滅却して作の世界に没入することを意味すると共に、末尾の 'Phoenix' の神話との照応がある。　**assay**　「吟味してみる、毒味をする」。　8　キーツに相応しい含蓄の深い1行。　14　**Phoenix**　500年ごとに自ら焼死し灰の中より甦る不死の霊鳥。

[8]　'When I have fears that I may cease to be'

When I have fears that I may cease to be
　Before my pen has gleaned my teeming brain,
Before high-pilèd books, in charactery,
　Hold like rich garners the full-ripened grain ;
When I behold, upon the night's starred face,　　　5
　Huge cloudy symbols of a high romance,
And think that I may never live to trace
　Their shadows, with the magic hand of chance ;
And when I feel, fair creature of an hour !
　That I shall never look upon thee more,　　　10
Never have relish in the faery power
　Of unreflecting love ! ―― then on the shore
Of the wide world I stand alone, and think
Till love and fame to nothingness do sink.

---

[8]　1818年1月の作。死の予感に対する心境を抒べる。 **2-4 gleaned, garners, full-ripened grain** 収穫と成熟を意味する語の連続に注目すべきであろう。 **3 charactery**=written or printed words (Shakespearean). [J. B.] **4 garners**=granaries. **11 faery**=fairy. **12-14 on the shore ... to nothingness do sink** 'think' (13)の内容を深く忖度し思量せねばならぬ。此岸の生を遂げることの

[8] 「わが命はや終りはせぬかと……」

わが命はや終りはせぬかと憂える時
　　脳裡に溢れる詩想を　わが筆の拾いとる暇もなく
高々と積まれた書物の　豊かな穀倉をなし
　　熟れ尽した稔りを文字に記して蔵めぬうちに、
星の燦めく夜空の面に　高雅なロマンスを象り
　　巨大な雲と耀く徴の数を　うち眺め
ながらえて　機に適う霊感の手により
　　その幻影を跡づけ捉えることの叶わぬと思う時、
また　たまゆらに移ろう美しきひとよ、
　　重ねて君を目守ることなく
ひたぶるの恋の　現を超える力を味わい尽すことの
　　絶えてなしと覚える時に――広大な世界の
岸辺にただ独り立ち　思いを凝らす
恋も栄誉も失せゆきて無に帰するまで。

意義、またその体勢に思い及べば、おのずから、[18]のソネットの末尾2行が思い合わされる。

[9] 'O thou whose face hath felt the Winter's wind'

O thou whose face hath felt the Winter's wind,
　Whose eye has seen the snow-clouds hung in mist,
　　And the black elm tops, 'mong the freezing stars,
　To thee the spring will be a harvest-time.
O thou, whose only book has been the light　　　　5
　Of supreme darkness which thou feddest on
　Night after night when Phoebus was away,
　To thee the Spring shall be a triple morn.
O fret not after knowledge――I have none,
　And yet my song comes native with the warmth. 10
O fret not after knowledge――I have none,
　And yet the Evening listens. He who saddens
At thought of idleness cannot be idle,
And he's awake who thinks himself asleep.

――――――

[9] 1818年2月19日のレノルズ宛書簡の 'I have not read any Books――the Morning said I was right――I had no idea but of the morning, and the thrush said I was right――seeming to say,' に続き転記された無韻のソネット。 **3** **'mong**=among. **4 harvest-time** キーツが常に心にかける「成熟」の含意を掬むべきである。 **5-7** これは 1-3 を敷衍する句だが、その根柢に 'Negative Capabil-

[9] 「おお　その顔に冬の風を感じとり」

おお　その顔に冬の風を感じとり
　　目は　雪雲の狭霧をおびて垂れる
　　　　　　　　　　　　　　　　さまを
　　また凍てつく星の間に　黒々と聳える楡の梢を眺めた者よ、
　　そなたに　春は収穫の時となろう。
おお　その唯一の書物が　日の神のいまさぬ
　　夜毎に　みずから糧とした
　　上なき闇の耀きであった者よ、
　　そなたに　春は平素に三倍する朝となろう。
おお　あくせくと知を求めるな──私は何も持たぬ、
　　だが　私の歌は温暖の気に伴いおのずからに
　　　　　　　　　　　　　　　　　　生れてくる。
おお　あくせくと知を求めるな──私は何も持たぬ、
　　だが　夕が耳傾けて聴き入っている。怠惰を思い
心悲しむ者が怠惰であるはずがない、
また　みずから眠りのさ中と思う者こそ目覚めてあるものを。

---

ity' の発現相である堪えて待つ体勢が息づいているのは言うまでもない。なお 'the light of supreme darkness' の含蓄は深い。　**9　fret not after knowledge**　[6]の脚註('without any irritable reaching after fact and reason')参照。　**9-11　'I,' 'my'** は上記書簡の 'thrush' を指す。　**10　native**　鶫の歌は忍耐による生の充実、その自ずからなる流露である。

[10] 'Four seasons fill the measure of the year'

Four seasons fill the measure of the year ;
　Four seasons are there in the mind of man.
He hath his lusty spring, when fancy clear
　Takes in all beauty with an easy span :
He hath his summer, when luxuriously　　　　　　　　5
　He chews the honied cud of fair spring thoughts,
Till, in his soul dissolv'd, they come to be
　Part of himself. He hath his autumn ports
And havens of repose, when his tired wings
　Are folded up, and he content to look　　　　　　　10
On mists in idleness : to let fair things
　Pass by unheeded as a threshold brook.
He hath his winter too of pale misfeature,
Or else he would forget his mortal nature.

---

[10] 1818年3月の作。テクストは3月13日のベイリー宛書簡に転記のものに基づくStillingerの版に拠る。**1　the measure of the year**　1年という時の単位。**4　with an easy span**　'span' は親指と小指を張った長さ。「楽に手を拡げて(捕える)」。**6-10**　リー・ハントの *Literary Pocket Book* (1819)に拠る諸版では 'Spring's honeyed cud of youthful thought he loves/To ruminate, and by such

[10] 「年の行を四季が満たし」

年の行を四季が満たし、
　　人の心にも四季は移る。
人には瑞々しい春があり　晴れやかな想像がその時
　　あらゆる美をたやすく力を及ぼし抱きとる。
人には夏があり　情ゆたかにその時
　　美しい春の思いの蜜の味を味わい反す、
ついに　心の奥で溶かされ　その思いの
　　おのが身の一部となるに到るまで。秋が来て
安息の港や泊地があり　疲れた翼はその時
　　たたみ了えられ、心は満ち足り　放念して
霧の動きを眺めやり、心おきなく
　　美しい物を　門辺の小川の如く　逝くにまかせる。
人はまた色蒼ざめ醜い姿の冬をもすごす
さもないと　おのが現身の本性を忘れ去ることだろう。

---

dreaming nigh/His nearest unto heaven. Quiet coves/His soul has in its Autumn, when his wings/He furleth close ; contented so to look'.　**14　forget his mortal nature**　此岸性を忘却することは地上の者の最大の危機を意味する。例えば、レイミアとリシアスの愉悦の境が 'sweet sin' (*Lamia*, II. 31) とされるのはそれがまさにこの忘却により築かれたが故に他ならない。他版では 'forget' は 'forego'。

[11] *From* Epistle to J. H. Reynolds
(67-105)

O that our dreamings all, of sleep or wake,
Would all their colours from the sunset take,
From something of material sublime,
Rather than shadow our own soul's daytime 70
In the dark void of night. For in the world
We jostle——but my flag is not unfurled
On the admiral staff——and to philosophize
I dare not yet! O, never will the prize,
High reason, and the lore of good and ill, 75
Be my award! Things cannot to the will
Be settled, but they tease us out of thought.
Or is it that imagination brought
Beyond its proper bound, yet still confined,
Lost in a sort of purgatory blind, 80
Cannot refer to any standard law
Of either earth or heaven? It is a flaw

---

[11] 1818年3月25日付の書簡詩。 **67 O that**＝I wish... **72-73 my flag...staff** 未だ旗幟鮮明ならしめる境には到っていない、即ち、74以下に述べる如く、知見の成熟を得てはいないとの意。 **75 the lore of good and ill** ｒとｖの筆記体の紛らわしさのためか 'lore' を 'love' とするテクストがあり、どちらをとるか問題になるが、その点については後註(69-71頁)にゆずる。 **80** 当時のキーツの

[11] J. H. レノルズ宛書簡詩より
（第 67-105 行）

寝てにせよ覚めてにせよ　僕らの見るすべての夢が
むしろ　夕映の色をおびればよいのに
何かしら崇高な物の色合を、
僕らの心の昼間の明るみをかげらせて
夜の虚しい闇に閉したりするよりは。世上に犇(ひしめ)き
競いあうのが人の常だから──けれど　旗艦の檣(しょうとう)頭に
僕の旗は翻(ひるがえ)ってはいない──それで　僕はまだ
敢て理を通そうとはせぬ。ああ　僕の努力の値、
高い理性、善悪共にその知見を全くすることを授かる時機は
ついにないのだろう。事物を意のままに整えることは出来ず、
事物の方が僕らを迫めて思念の埒(らち)を越えさせる。
それとも　在るべき境界の彼方に駆られ
なお捕われたまま　物見えぬ煉獄(れんごく)に似た処で
踏み迷う　かの想像力なのか
天と地いずれのいかなる準則にも
拠りえぬものは。おのが知見の境界を越え

―――――――――

心境を如実に窺わせる含蓄深い1行。　81　**Cannot**　前に 'imagination'(78) を先行詞とする関係代名詞 'which' を補って解する。**refer to**　「～を頼りにする、参考にする」。

68   キーツ詩集

In happiness, to see beyond our bourne——
It forces us in summer skies to mourn;
It spoils the singing of the nightingale.   85

  Dear Reynolds, I have a mysterious tale,
And cannot speak it. The first page I read
Upon a lampit rock of green seaweed
Among the breakers. 'Twas a quiet eve;
The rocks were silent, the wide sea did weave   90
An untumultuous fringe of silver foam
Along the flat brown sand. I was at home
And should have been most happy——but I saw
Too far into the sea, where every maw
The greater on the less feeds evermore.——   95
But I saw too distinct into the core
Of an eternal fierce destruction,
And so from happiness I far was gone.
Still am I sick of it; and though, today,
I've gathered young spring-leaves, and flowers
                                  gay   100
Of periwinkle and wild strawberry,

---

86 a mysterious tale　この 'mysterious' には明らかにワーズワスの 'the burthen of the mystery' (*Tintern Abbey Lines*, 38)が影さしている。　**88 lampit**＝limpet(「つたのは貝」). 形が蔦の葉に似る。
93-97　I saw ... destruction　穏やかに凪ぎわたる海の深処が弱肉強食の 'an eternal fierce destruction' を擁している矛盾は此岸の実相の顕現を暗示するものに他ならない。オールバニーが 'Humanity

[11] J. H. レノルズ宛書簡詩より　　　　　　　　69

彼方に目をやるのは　　幸福に罅入る瑕だ——
それは　夏の空の耀きの中にいても　僕らを歎かせ、
夜鶯の囀りをも台なしにする。

　親愛なレノルズ、僕には或る神秘の物語があって
うまく話せないのだ。その最初の頁を読んだのは
砕ける波のただ中　緑の海藻がまつわり
つたのは貝のすがりつく巌の上だ。折から静かな夕暮で、
岩礁は沈黙し、闊い海が　茶色の平坦な砂浜に
銀色の泡を立て穏やかな縁飾を
編んでいた。僕はのんびり寛いで
この上もなく幸福でいられたはずなのに——余りにも遥かに
海の中を観入ってしまった、そこではあらゆる顎が、
強大なものが弱小なものを喰い続けてやまない——
永遠にわたる凄まじい破壊の業の
奥深く　余りにも明らかに観透してしまったのだ、
そのため　幸福感どころか　遠く遥かに隔たりそむいて。
今もなおそれでむかついている。今日、
僕は春の若葉や日日草とか
　　　　　　　　　　　　野苺の
色鮮やかな花々を摘んできたけれど、

―――――――

must perforce prey on itself, /Like monsters of the deep.' (*King Lear*, IV. ii. 50-51) と言った「深海の魔物」もあわせて想起される。
　[後註]　後に 1818 年 10 月 27 日ウッドハウス宛書簡で、キーツは詩人の資質について '...it is every thing and nothing——It has no character——it enjoys light and shade; it lives in gusto, be it foul or fair, high or low, rich or poor, mean or elevated——It has as

Still do I that most fierce destruction see——
The shark at savage prey, the hawk at pounce,
The gentle robin, like a pard or ounce,
Ravening a worm.   105

---

much delight in conceiving an Iago as an Imogen. What shocks the
virtuous philosopher, delights the camelion Poet. It does no harm
from its relish of the dark side of things any more than from its
taste for the bright one ; because they both end in speculation.' と
いう省察を述べるに到る。これは自ずから 'O, never ... my award !'
(74-76)という歎きに対する解答をなし、彼の成熟の証を示すものと

あの凄まじい限りの破壊の相(さま)がなおも目に見えている──
鮫が獰猛(どうもう)に獲物を捕え　鷹が襲いかかり
優しい駒鳥すら豹か山猫のように
毛虫を貪り啄(ついば)んでいる。

J. H. レノルズ

言ってよい。イアゴーの如き人物を産みなすことに、イモジェンの場合と等しい歓びを得るという境地に照らせば、'lore' と 'love' の意とするところは究極において相覆うとも考えられる。

[12] To Homer

Standing aloof in giant ignorance,
  Of thee I hear and of the Cyclades,
As one who sits ashore and longs perchance
  To visit dolphin-coral in deep seas.
So wast thou blind!——but then the veil was rent,　5
  For Jove uncurtained Heaven to let thee live,
And Neptune made for thee a spumy tent,
  And Pan made sing for thee his forest-hive;
Ay, on the shores of darkness there is light,
  And precipices show untrodden green;　10
There is a budding morrow in midnight;
  There is a triple sight in blindness keen;
Such seeing hadst thou, as it once befell
To Dian, Queen of Earth, and Heaven, and Hell.

---

[12]　1818年4月または5月の作と推定される。盲目の詩人ホーマーの想像力の高大を讃えるソネット。**1 giant ignorance**　含蓄深い句。諸註にキーツがギリシャ語を解しなかった事実を指すとあるが、当時、彼が絶えずおのが無知を自覚し、体験的思索を重ね、知見の成熟を期していた点を考慮すべきであろう。例えば、5月3日レノルズに宛て "An extensive knowledge is needful to thinking people——

[12]　ホーマーに

時空遥かに隔たり　巨(おお)いなる無知の境に立ちつくし
　　貴方(あなた)やキクラデスの島々の噂を私は聞く、
浜辺に居坐りしまま　海中深く　海豚の宿(いるか)る珊瑚(さんご)の間(あいだ)を
　　訪れてみたいと切望しているらしき人と同じく。
そのように貴方も歌(めし)いていた——とはいえ目隠しは引き裂かれ、
　　貴方を住まわせようと　ジョウヴは天穹(そら)の帷(とばり)を開け放ち
貴方のため　ネプチューンは潮(しお)の泡立つ幕屋をうち建て
　　貴方のためにと　パーンは森の蜜蜂を歌わせたのだから。
然(そ)うなのだ、闇の閉ざす岸辺に光がさし
　　断(き)り立つ崖が未踏(もふ)の緑野を指し示す、
萌えいずる朝(あした)の種子(しゅじ)が深夜にあり
　　鋭き盲目に三層の視力は開く。
そのように観る目の力を貴方は得ていた、その昔のディアーナ、
天と地と黄泉(よみ)を統べる女王の身(みな)に具わりいたように。

---

it takes away the heat and fever ; and helps, by widening speculation, to ease the Burden of the Mystery :' と述べ、'difference of high Sensations with and without knowledge' の省察に及んでいる。　**9**　含蓄に富む１行。　**12**　**a triple sight**　ヴィジョンの高大を意味する。　**14**　**Dian**　支配の範囲や性格が互いに重なり合う部分がある為、月の女神及び月と関係のあるヘカテとしばしば同一視される。

[13]　Ode to Maia. Fragment

Mother of Hermes! and still youthful Maia!
　　May I sing to thee
As thou wast hymnèd on the shores of Baiae?
　　Or may I woo thee
In earlier Sicilian? or thy smiles　　　　　　　　　　5
Seek as they once were sought, in Grecian isles,
By bards who died content in pleasant sward,
　Leaving great verse unto a little clan?
O, give me their old vigour, and unheard
　Save of the quiet primrose, and the span　　　　10
　　　Of Heaven and few ears,
Rounded by thee, my song should die away
　　　Content as theirs,
Rich in the simple worship of a day.

---

[13] 1818年5月1日の作。5月3日のレノルズ宛書簡の 'I wrote them[＝these few lines] on May-day ── and intend to finish the ode all in good time.' に続き、転記された。**1 Maia** アトラスの娘で、ゼウスと交わりヘルメスの母となる。**3 Baiae** イタリア南部カンパニア州の古都。ナポリの南西方に当る。**5 In**＝In the manner of. **7-8 bards who ... clan** [8][18]等、ソネットにしば

［13］　マイアに（オード断章）

ヘルメスの御母(おんはは)にして、常若(とこわか)にいますマイアよ。
　　　許し給うや　歌捧ぐることを、
御身がその昔バイアの岸(かみ)辺にて讃えられし如く。
　　　はた　御身を慕う言挙げを、
遠つ代のシチリア人の調(しらべ)に倣いて。はたまた　御身の微笑を
請い求むることを、かつてギリシャの島々にて
快き芝草に臥(ふ)し心おきなく命おわり、一門の少き族(うから)に
　　偉いなる詩を遺(のこ)せる詩人(うたびと)の為せし如くに。
おお、与え給え　古代(いにしえ)の詩人の壮(さか)んなる力の程を。さすれば
　　聞く者とては　咲き静まれる桜草　太虚(おおぞら)の拡がる極み
　　　乏しき数の耳にすぎずとも、
御身によりて全けくなされ、わが歌は亡びてゆかん
　　　かの詩人のそれに等しく心足らい、
一日(ひとひ)の行(ゆき)を素心(すなお)に崇(あが)める祈念のうちに豊かなるまま。

しば 'fame' に対する言及があるが、キーツはこのような無名の詩人の生を限りなく床しく懐かしく偲び貴んで、その力を身に受けたいと希ったにちがいない。　**10 Save of**＝Except by.　**12 Rounded**＝Brought to completeness or to a perfect form.　**14** 'Rich' 及び 'simple' の含蓄をそれぞれ味わうべきであろう。

[14] 'Read me a lesson, Muse, and speak it loud'

Read me a lesson, Muse, and speak it loud
　Upon the top of Nevis, blind in mist !
I look into the chasms, and a shroud
　Vapourous doth hide them ; just so much I wist
Mankind do know of Hell. I look o'erhead,　　　　5
　And there is sullen mist ; even so much
Mankind can tell of Heaven. Mist is spread
　Before the earth, beneath me—even such,
Even so vague is man's sight of himself.
　Here are the craggy stones beneath my feet—　10
Thus much I know, that, a poor witless elf,
　I tread on them, that all my eye doth meet
Is mist and crag, not only on this height,
But in the world of thought and mental might.

---

[14] 1818年8月2日、スコットランド旅行中 Ben Nevis 山頂で詠まれた。8月3日弟トマス宛書簡に、前日の登頂の詳細を述べ、末尾にこのソネットが転記されている。 **2 Nevis** スコットランド中西部の山、ブリテン島の最高峰(1343メートル)。 **4 wist** wit(= know)の過去、過去分詞。 **11 witless elf** 「暗愚な小妖精」。elf= A Spenserian word often used by Keats. Here suggested by the

[14] 「訓え給え　詩神よ……」

訓え給え　詩神よ、して　高らかに語り給え
　　霧こめて物見えず　わが立てるネヴィスの嶺の頂にして。
峡深く目を放てば　湧きつぐ霧の帷をなし
　　遮り隠す。吾は知る　世の人の地獄を識るとも
まさにこれに等しきことを。頭をあげ仰ぎ見れば
　　陰々たる霧ばかり。まさしくこれに等しい
天界を人の述べうるところは。わが眼下にする大地を
　　霧は覆いて拡がる——まさにかくの如く
等しく朧に　人は吾とわが身を見とどけるのみ。
　　ここにして　わが足下には凝しき岩また岩——
わが識るところは、哀れに愚かな一小妖精にすぎぬ身の
　　現にその岩を踏みしめ　目に映るものとては
すべて霧また岩というのみ、唯にこの高処に止まらず
思念と知力の領域に於てもまた。

---

smallness of human beings against the immensity of nature. [M. A.]『エンディミオン』完成後、キーツが絶えず身をもってする知見の成熟を希い努力を重ねていた事は、作品並びに書簡の随処に窺うことが出来る。

[15]　*From* Hyperion
　　(1) I. 1-14.

Deep in the shady sadness of a vale
Far sunken from the healthy breath of morn,
Far from the fiery noon, and eve's one star,
Sat grey-haired Saturn, quiet as a stone,
Still as the silence round about his lair;　　　　5
Forest on forest hung above his head
Like cloud on cloud. No stir of air was there,
Not so much life as on a summer's day
Robs not one light seed from the feathered grass,
But where the dead leaf fell, there did it rest.　　10
A stream went voiceless by, still deadened more
By reason of his fallen divinity
Spreading a shade: the Naiad 'mid her reeds
Pressed her cold finger closer to her lips.

---

[15]　1818年9月より制作、翌年4月未完のまま擱かれた。ギリシャ神話のティーターン神族とオリンポス神族との葛藤を素材とし、キーツはその構想に関し、『エンディミオン』の主人公が「境遇に左右される」のに対し、『ハイピリオン』のアポロは神に相応しく「おのが行為を築いてゆく」と指摘している(1818年1月23日ヘイドン宛)。これは、両作の主題が 'circumstance' をめぐり展開する事を暗示してい

[15] 『ハイピリオン』より
(1) 第1巻（第1-14行）

一谿(ひとだに)を覆い日翳(かげ)る悲愁の底いに深く
すくよかなる朝(あした)の息吹を遠く離りて沈淪し、
燃ゆる日の正午　一点の夕星(ゆうずつ)を遥かに離り
髪灰色にあせたるサターンは巌(いわお)の如く動かず
臥(ふ)せりし処を廻(めぐ)る沈黙(しじま)をさながらに寂として
その頭上に懸る森また森は　雲また雲の
層々たるをそのままに。大気はそよともせず
夏の日の生気の戦ぎ　それとても風に舞う草の種子(たね)を
ひとつだに飛ばさぬ　そのさゆらぐ程もなく
枯葉は散れば　地につくその場にひたと静止せるまま。
傍らを音立てず小川は流れ　亡びし神の
喪(うしな)われた威光がおし拡げる暗影の故に
なお一段と音絶えて、水の精は葦の間(あわい)に
冷たきその指をひしと唇に当て黙(もだ)していた。

るが、その深化の証は、前者の瑞々しい抒情性が豊麗な拡散の方向をとり、後者の蒼然たる世界にこもる悲劇性が遥かに劇的に多層な彫塑と凝集に向っている点に窺われる。
(1)　没落せる神をめぐる静寂を叙する冒頭。　4　**Saturn**　サートゥルヌス。旧神統の主神。　9　**not**　冗語とも見られるが、微かながら生気の戦ぐ静けさと全き死の静寂との対比を思い試訳した。　**the feath-**

(2) I. 299-357.

. . . . . . the bright Titan, frenzied with new woes,
Unused to bend, by hard compulsion bent   300
His spirit to the sorrow of the time ;
And all along a dismal rack of clouds,
Upon the boundaries of day and night,
He stretched himself in grief and radiance faint.
There as he lay, the Heaven with its stars   305
Looked down on him with pity, and the voice
Of Coelus, from the universal space,
Thus whispered low and solemn in his ear :
'O brightest of my children dear, earth-born
And sky-engendered, Son of Mysteries   310
All unrevealèd even to the powers
Which met at thy creating ; at whose joys
And palpitations sweet, and pleasures soft,

---

ered grass 風に四散する冠毛をつけた実を結ぶ草。'the dandelion's fleece' の改稿。
(2) ハイピリオンの大地への降下の条。**299 the bright Titan**＝Hyperion. ヒュペリーオーンはアポロに対応する旧神統の太陽神。**307 Coelus**[síːləs] ウラノスの別名。**311 the powers** 天の神ウラノスと地の女神ガイアを指す。

(2) 第1巻（第 299-357 行）

……耀きわたる巨神（タイタン）は　新たな災厄に悲憤しつつ
平生の習いに似ず　激しくおのが精神を迫め
時運の悲相に対い　傾けた。
次いで　おぞましく飛行する断雲に添い
日と夜の境を接する処に　ながながと
歎きつつ光もうすれ　身を横たえた。
その場に彼が臥（ふ）せりし時　天は星辰を帯び
憐（あわれ）みの情もて彼を見おろし　父なる神
シーラスの声が　宇宙の拡がる方（かた）より
低く厳かに　その耳に　かく囁きかけたのである。
「おお　わが愛（いと）しき子の中最も耀きわたれる者　大地より生れ
天穹（てんきゅう）の産ませし者　汝（なんじ）の創造に相会せし
神威にすら　明かさるること絶えてなかりし
秘儀の子よ。その創造に発する歓び
甘美に脈搏つ息の高まり　和みに帰する快感に際し

I, Coelus, wonder how they came and whence;
And at the fruits thereof what shapes they be, 315
Distinct, and visible——symbols divine,
Manifestations of that beauteous life
Diffused unseen throughout eternal space:
Of these new-formed art thou, O brightest child!
Of these, thy brethren and the Goddesses! 320
There is sad feud among ye, and rebellion
Of son against his sire. I saw him fall,
I saw my first-born tumbled from his throne!
To me his arms were spread, to me his voice
Found way from forth the thunders round his head! 325
Pale wox I, and in vapours hid my face.
Art thou, too, near such doom? Vague fear there is:
For I have seen my sons most unlike Gods.
Divine ye were created, and divine
In sad demeanour, solemn, undisturbed, 330

---

315 thereof=of them. この them は 'joys', 'palpitations', 'pleasures'(312, 313)を指す。 **319 art** 主語 thou に伴う be の直接法現在形。 **323 my first-born**=Saturn. **325 the thunders round his head** 新たな神統の主神ジュピターは雷霆の神でもある。彼がサターンを攻めたてているのを示す句。 **326 wox**=waxed. Spenserian archaism. [M. A.] **330 sad**=grave, serious.

[15]『ハイピリオン』より

吾、シーラスは、此(こ)はいかにしてまた何処(いずこ)より来(きた)りし
                          ものかと怪しめり、
また　その歓びの実を結ぶ時　いかなる姿に顕(あらわ)れるかと、
明らかに　見る目にしるく──神聖を象(かたど)る徴(しるし)、
目に見えず　永劫の空間にあまねく磅礴(ほうはく)せる
かの美しき生命(いのち)の　顕れとして。
これら新たに現成(げんじょう)せる者の中(うち)に汝はあり、おお　最も耀き
                          わたれる子よ、
これらの者　汝と血をわけし女男の神々の中に。
悲しき抗争が　汝らの間に　子の親に叛(そむ)く
争乱が生じている。吾は見たり　かの者の没落しゆくを、
初めに生れしわが子の王座を逐(お)われ転落する様を。
わが方(かた)へとその腕(かいな)を伸べ拡げ　声は
その頭(こうべ)を廻(めぐ)りはためく雷(いかずち)を貫き　吾に
                          達せり。
色を喪(うしな)い蒼(あお)ざめて　吾は雲霧にわが面(おもて)を秘め隠しぬ。
汝もまたかかる悲運に瀕(ひん)せるかと　定かならずも
                          危ぶまる、
わが子らの神々に絶えてあるまじき姿を呈するを見る故に。
汝らは神々と産みなされ　直心(ひたごころ)なる振舞の
神さびて　厳かに　揺ぎなく　静まり足らい

84　　キーツ詩集

Unrufflèd, like high Gods, ye lived and ruled :
Now I behold in you fear, hope, and wrath ;
Actions of rage and passion——even as
I see them, on the mortal world beneath,
In men who die. This is the grief, O Son!　　　335
Sad sign of ruin, sudden dismay, and fall !
Yet do thou strive ; as thou art capable,
As thou canst move about, an evident God ;
And canst oppose to each malignant hour
Ethereal presence. I am but a voice ;　　　340
My life is but the life of winds and tides,
No more than winds and tides can I avail.——
But thou canst.——Be thou therefore in the van
Of circumstance ; yea, seize the arrow's barb
Before the tense string murmur.——To the earth ! 345
For there thou wilt find Saturn, and his woes.
Meantime I will keep watch on thy bright sun,
And of thy seasons be a careful nurse.'——
Ere half this region-whisper had come down,
Hyperion arose, and on the stars　　　350
Lifted his curvèd lids, and kept them wide

331　**Unrufflèd**＝Calm, Serene.　333　**even**＝just.　338　**thou canst**＝you can.　343-344　**in the van/Of circumstance**　これは、エンディミオンの 'led on by circumstance' の対極をなす境位であり、この作の重大な動機として銘記すべき句である。なお、'circumstance' は境遇・境位を意味する語であるが、外的制約としての運命と解し、最もキーツの意に適うと思われる場合が多い。「一切の別れ

[15]『ハイピリオン』より

高大なる神々に相応(ふさわ)しく　生きかつ統(す)べ来りしものを、
今や　汝らに　不安　希望　憤怒(ふんぬ)を観る、
激しく昂(たか)ぶる情に駆らるる動向を——天(あめ)が下の
移ろう世にありて　死にゆく定めの人の間(あいだ)に見らるると
まさに等しく。これこそ、おお　わが子よ、痛嘆のこと、
壊滅　俄(にわか)に起る周章狼狽　衰亡の悲しき徴(しるし)なれ。
さあれ　汝はまさしく努めよ。汝は為しうるが故に、
汝は　あらたかなる神として　行動(こう)し
悪しき刻々に　灝々と耀く威容を
対置しうるが故に。吾は　ひとえに　音声にすぎず。
わが生は　ひとえに　風と潮(うしお)の生にすぎず、
わが力の及ばざるは　風と潮に等しい——
されども　汝は為しうる力を持てり——故に　汝は　運命に
先んじてあれ、然(しか)り　満を持したる弓弦(ゆづる)の
音たてぬまに鏃(やじり)をおさえよ——大地に降りゆくがよい。
彼処(かしこ)にて　サターンとその惨苦の状を見出(みいだ)そうほどに。
その間(かん)　汝の耀く日輪を吾は目守(まも)り続け
汝の統べる季節の行(ゆき)を心して看取(みと)ろうと思う。」——
虚空を渡るこの囁きの天降(あも)りて　未だ半ばにも達せぬ内に
ハイピリオンは身を起し　星々に対(むか)い
弓なりに反る瞼(まぶた)をあげ　囁きの止むに到るまで

に先だてよ」とリルケが詠(よ)んだ句なども連想される(『オルフォイスに捧げるソネット』II. xiii)。　**349**　**Ere**＝Before.　**region-whisper**＝whisper from the sky.　**349-357**　大地の秘奥へ促す 'airy voices' (II. 213)に直ちに随順し、エンディミオンは此岸性に対する開眼に一歩を進めえたのであったが、一族の惨苦の渦巻く大地へと促すこの'region-whisper'に応え 'the deep night' に身を躍らせるハイピリ

Until it ceased; and still he kept them wide;
And still they were the same bright, patient
                                         stars.
Then with a slow incline of his broad breast,
Like to a diver in the pearly seas,   355
Forward he stooped over the airy shore,
And plunged all noiseless into the deep night.

(3) II. 173-243.

'O ye, whom wrath consumes! who, passion-stung,
Writhe at defeat, and nurse your agonies!
Shut up your senses, stifle up your ears,   175
My voice is not a bellows unto ire.
Yet listen, ye who will, whilst I bring proof
How ye, perforce, must be content to stoop;
And in the proof much comfort will I give,
If ye will take that comfort in its truth.   180

オンの降下は、エンディミオンの場合に比し、遥かに雄大に 'Negative Capability' の readiness のイメジをなしている。この数行の調にこもる大きなゆらぎを吟味すべきであろう。
(3) 旧神統の海神オウシァナス(Oceanus〔オーケアノス〕)が没落の意義を説く条。　**177　whilst**=while.

広やかにその瞼を見開き続け、なお止まず見開き続けた。
また　星々は依然として変りなく　燦として鎮まり忍ぶ
　　　　　　　　　　　　　　　　　　　　　　星々であった。
次いで　広大なる胸をおもむろに傾けつつ
真珠の生れるわたつみに潜く者の如くに
空の岸辺に　身を乗り出だし
深々と湛える夜に躍り入った、音たつること絶えてなく。

(3) 第2巻 (第173-243行)

「おお　御身ら　憤怒に焼かれる者、激情に苛まれ
敗北に悶えて　おのが苦悩を育む者よ。
五感に戸を立て　耳を塞ぐがよい。
わが声は怨恨の炎を煽る鞴にはあらず。
さあれ　聴き給え、意ある者は、御身らが安んじて
屈すべき　やむをえざる事の証を示す時の間を。
また　その証のうちに　大いなる慰藉をも吾は与えよう、
御身らがその慰めを真の相に受納する意のあらば。

We fall by course of Nature's law, not force
Of thunder, or of Jove. Great Saturn, thou
Hast sifted well the atom-universe;
But for this reason, that thou art the King,
And only blind from sheer supremacy, 185
One avenue was shaded from thine eyes,
Through which I wandered to eternal truth.
And first, as thou wast not the first of powers,
So art thou not the last; it cannot be:
Thou art not the beginning nor the end. 190
From Chaos and parental Darkness came
Light, the first fruits of that intestine broil,
That sullen ferment, which for wondrous ends
Was ripening in itself. The ripe hour came,
And with it Light, and Light, engendering 195
Upon its own producer, forthwith touched
The whole enormous matter into life.
Upon that very hour, our parentage,
The Heavens, and the Earth, were manifest:
Then thou first born, and we the giant race, 200
Found ourselves ruling new and beauteous realms.

---

181 Nature's law 換言すれば、生ある者悉く必然に負うべき此岸性を含意する。[10]のソネットにおいて 'mortal nature' を忘却することの危険を戒めとして抒べたことが想起される。 **182 Jove**＝Jupiter. **190 not the beginning nor the end** 'Nature's law' に順う没落の全き受容は、一切の物はただ過渡にすぎぬという、万有の流転の相に徹し入ることに他ならない。 **194 ripening in itself,**

[15] 『ハイピリオン』より

吾らが没落は大自然の命法に順うもの、雷や
はたまたジョウヴの威力にはよらず。偉いなるサターンよ、
御身は原子の渾然たる宇宙を分ち整える業を見事に果した。
されども　御身が王位に在りて　全き主権に
安んじいたればこそ　観る目の盲いてありし　その故に、
一条の径が覆われ御身の目には触れなかったのである、
久遠の真相に到るまで吾がさすらいゆきしその径が。
先ず以て　諸々の力ある存在の最初にあらざりし如く、
御身はその最後にはあらず。そは　ありえざる事、
御身は太始にもあらず　掉尾にもあらず。
混沌と闇を親とし　生れ来したるは
光。驚嘆すべき極みに向い自ずから熟れつつありし、
激しくせめぎあうもの　暗くたぎりたつものの
最初の成果。その機の熟れ満ちて
光は来り、次いで　光は　おのれを産みなせるものと
相媾わり　直ちに触れて
膨大なる質料をあまねく生あるものに転じた。
まさしくその機　吾らが親たち、
天と地が　明らかに現成したのである。
続いて　先だち生れし御身　並びに　吾ら巨神の一族は
新たに美しき国土を　現に統べつつあると覚知したのだ。

---

ripe hour　いずれもキーツにあって注目すべき語句。その含蓄を掬むべきである。

Now comes the pain of truth, to whom 'tis pain——
O folly! for to bear all naked truths,
And to envisage circumstance, all calm,
That is the top of sovereignty. Mark well!   205
As Heaven and Earth are fairer, fairer far
Than Chaos and blank Darkness, though once
                                         chiefs;
And as we show beyond that Heaven and Earth
In form and shape compact and beautiful,
In will, in action free, companionship,   210
And thousand other signs of purer life;
So on our heels a fresh perfection treads,
A power more strong in beauty, born of us
And fated to excel us, as we pass
In glory that old Darkness: nor are we   215
Thereby more conquered, than by us the rule
Of shapeless Chaos. Say, doth the dull soil
Quarrel with the proud forests it hath fed,
And feedeth still, more comely than itself?
Can it deny the chiefdom of green groves?   220
Or shall the tree be envious of the dove

---

202 to whom 'tis pain＝for those to whom it is a pain. [M. A.]
203-204 to bear...all calm この作のライトモティーフと言ってよい。この勁い言挙げに、[7]のソネットに抒べる如く『リア王』の世界に身を焼いたキーツが身を以て立てた 'high reason'([11]75)への一の道標がある。'Led on by circumstance' の体勢は 'to envisage circumstance, all calm' に極まり徐に 'in the van of circumstance'

だが今や現実相が苦痛を以て迫る　そを苦痛とする全の者に。
あわれ　愚かなること哉。赤裸なる一切の実相に堪え
心全けく鎮まりて　運命に正対する、
その事こそ至高を極むる境位なるものを。真によく聴き給え。
混沌と虚ろなる闇はかつての首長なれども　彼らにまさり
天と地は麗しく　まこと遥かにまさりて
　　　　　　　　　　　　　　　　　麗しく、
また　吾らが　その天と地を超える相に
精緻に美しき形姿に於て
意志に於て　自由なる行為　友愛
勝れて純乎たる生の　その他　千の徴に於て明かなりし如く、
吾らの踵に接し　瑞々しく全きものが続いている、
美に於て更に強大なる存在　吾らの内より生れ
吾らを凌ぐ運命を負えるものが、栄光に耀き
吾らがかの老いたる闇にぬきんで　進みし如くに。吾らは
その故に征服されしには非ず　形なき混沌の支配の等しく
吾らによりて征せられしに非ざる如く。いざ　愚く踞まる
土壌は　己が養い育みてやまぬ　わが身にまさりて美しく
誇らしき森林と　相争うことのあろうか、
緑なす木立の支配を否むこと　果して如何。
はたまた　鳩の鴿々と啼き　天翔けておのが歓びを

へと変容する。この 'all calm' の深処に、力をこらす 'Negative Capability' の相は紛れもない(cf. 'Men must endure/Their going hence, even as their coming hither. /Ripeness is all.' *King Lear*, V. ii. 9-11)。　**213-214　A power ... to excel us**　滅びゆく美が己れを超えゆく美の母胎となりその契機を孕むという洞察には、おのが境位に於ける生の全き開展を支える成熟の意義が秘められている。

Because it cooeth, and hath snowy wings
To wander wherewithal and find its joys?
We are such forest-trees, and our fair boughs
Have bred forth, not pale solitary doves,   225
But eagles golden-feathered, who do tower
Above us in their beauty, and must reign
In right thereof. For 'tis the eternal law
That first in beauty should be first in might.
Yea, by that law, another race may drive   230
Our conquerors to mourn as we do now.
Have ye beheld the young God of the Seas,
My dispossessor? Have ye seen his face?
Have ye beheld his chariot, foamed along
By noble wingèd creatures he hath made?   235
I saw him on the calmèd waters scud,
With such a glow of beauty in his eyes,
That it enforced me to bid sad farewell
To all my empire: farewell sad I took,
And hither came, to see how dolorous fate   240
Had wrought upon ye; and how I might best
Give consolation in this woe extreme.

222-223 **wings/To wander wherewithal**＝wings with which it can wander.　224 **We are such forest-trees**　この言葉の響きには高い矜持が匂い、雄々しい肯定の光がさしている。　228 **right thereof**＝right of it. この it は「美に於て吾らを超え天翔けること」を指す。　229　オウシァナスが没落の意義を美との関連に移して展開する有名な言葉。「美」は 'force' にあらずして 'might' であり、同時に

見出ずる素白の翼を持てるが故にと
樹木がその鳩を羨み嫉むことのあろうか。
吾らはかかる森林をなす樹々　吾らが美しき枝々は
産みなしたのである　蒼白の孤寂なる鳩にはあらで
黄金の羽毛に耀く鷲どもを、そは美に於て
吾らを超え高々と羽搏き　まさしくその権威もて
統べる定命ある者たち。美に於て第一なるは　当に
力に於て第一なるべしとは　久遠の命法なる故に。
然り、その法により　現に吾らを制せる者を
異なる種族の駆りて　今の吾らに等しく歎かしむるであろう。
御身ら　大洋を統べる若々しき神を見給わずや、
わが領国を奪いしかの者を、その顔容を。
その車駕を、己が産みなせる有翼の気高き生物に曳かせ
潮泡を踏み分け進む　その様を見給わずや。
吾は見たり　彼が凪ぎ静まれる海原を渡りゆくのを、
その目に美の光耀は漲りあふれ
ために　すべてのわが王国に悲しき別れを
告げざるをえぬまでに。悲しくも　吾はその別れを告げ
この地に到り、惨たる運命の　御身らに
いかに力を振るいたるか、また　この苦悩の極みにありて
いかにしてこよなき慰藉を与えうるかを　識ったのである。

'purer life' の顕れでもある。そして、美といえども 'Nature's law' に基づくものとして上昇と没落とを結ぶ弧を内に含んでいること、後の 'Beauty that must die'([26]21)なることを看過してはならない。滅びゆく美が己れを超えゆく美の母胎となるという洞察に照らせば、最高の美に対応する個々の美の階序は断絶と飛躍を生の充実によって結ぶ重層的な次元の交替の上に捉えるべきであろう。

Receive the truth, and let it be your balm.'

(4) III. 82-134.

        'Mnemosyne!
Thy name is on my tongue, I know not how;
Why should I tell thee what thou so well seest?
Why should I strive to show what from thy lips   85
Would come no mystery? For me, dark, dark,
And painful vile oblivion seals my eyes:
I strive to search wherefore I am so sad,
Until a melancholy numbs my limbs;
And then upon the grass I sit, and moan,   90
Like one who once had wings. O why should I
Feel cursed and thwarted, when the liegeless air
Yields to my step aspirant? Why should I
Spurn the green turf as hateful to my feet?
Goddess benign, point forth some unknown thing: 95

243　深い受納の体勢により苦悩に満ちた 'the truth' が 'your balm' に転ぜられる時、転身はむしろ実相に歩み入る主体の側に存する。ここにキーツの『リア王』体験の核心を忖度してもよいであろう。
(4)　アポロの転身の条。82　**Mnemosyne**[ni:mɔ́zəni:]　ムネーモシュネー、旧神統の記憶の女神。なお、この女神の目を領する 'eternal calm'(III. 60)は、先の 'to envisage circumstance, all calm'(II.

[15] 『ハイピリオン』より

現実の相を受納し、そを転じて自ら快癒の香膏(こうこう)と成すがよい。」

(4) 第3巻 (第82-134行)

　　　　　「ニーモジニーよ、
御身の名のいかにしてわが舌に上(のぼ)りしか　吾は知らず。
何故(なにゆえ)　御身のよく洞見し給うことを　吾は御身に語るのか。
何故　御身の唇(くち)より出ずればついに不可思議ならずと
覚ゆることを　吾は努めて明かそうとするのか。わが身には
偏(ひとえ)に闇また闇、苦しく悪しき忘却がわが目を鎖(とざ)している。
かくも悲しき謂(いわ)れを尋ね努むるうち
ついに愁いによりてわが体躯(たいく)は痺(しび)れはて
而(しこう)して　草上に坐し歎いている、
かつては翼あり者の如くに。おお　そもそも何故に
呪詛と挫折を身にしみて覚ゆるのか、奔放不羈(ふき)なる大気の
高きを希(ねが)うわが脚下に随順する　この時に。そもそも何故
緑なす芝生を　わが足に厭わしと踏みしだくのか。
恵み深き女神よ、何事か未知のものを明らかに示し給え。

---

204)により、彼女がすでに運命に対する成熟を蔵し没落の彼方へ超え出た神なることを暗示している。　**86　For me, dark, dark**　1818年より1819年にかけ、'dark', 'blind' は常に既存の物の崩壊する点に立ち彼方の洞察にむかう予感に満ちて堪える体勢を示す語として頻出す。　**87　my eyes**　勿論、内なる vision を意味する。　**92　liegeless** =under no-one's rule. [J. B.]

Are there not other regions than this isle?
What are the stars? There is the sun, the sun!
And the most patient brilliance of the moon!
And stars by thousands! Point me out the way
To any one particular beauteous star,   100
And I will flit into it with my lyre,
And make its silvery splendour pant with bliss.
I have heard the cloudy thunder. Where is power?
Whose hand, whose essence, what Divinity
Makes this alarum in the elements,   105
While I here idle listen on the shores
In fearless yet in aching ignorance?
O tell me, lonely Goddess, by thy harp,
That waileth every morn and eventide,
Tell me why thus I rave, about these groves!   110
Mute thou remainest——mute! yet I can read
A wondrous lesson in thy silent face:
Knowledge enormous makes a God of me.
Names, deeds, grey legends, dire events, rebellions,
Majesties, sovran voices, agonies,   115
Creations and destroyings, all at once

---

103 the cloudy thunder ジュピターを暗示する。　**107**　86-87 に呼応する、含蓄に富む１行。既出の 'Lost in a sort of purgatory blind' ([11]80)、'Standing aloof in giant ignorance'([12]1) などが想起される。　**111　Mute thou remainest——mute!**　あくまでも口をとざして語らぬ女神の態度は極めて暗示に富む。ハイピリオンにはシーラスの促しによる導きがあったことを顧みるならば、女神の沈黙

[15]『ハイピリオン』より

この島を措き　他にゆくべき天地はあらずや。
星々はいかなるものぞ。日輪、まさしく日輪が在るものを。
また　月に具(そな)わる　何にもまして鎮まり忍ぶ耀(かがや)きが。
また　幾千を以(もっ)て数える星々が。吾に指し示し給え
何(いず)れか一つ　わけても美しき星に到る　その道を、
さすれば　わが竪琴(リラ)を携え　吾は天翔りて宿り入り
白銀(しろがね)のその光彩を　至福に喘(あえ)ぎ息づかせて見せよう。
吾は雲間にはためく雷鳴を聞けり。威力ある者は　いずれに。
何者の手　何者の霊性　いかなる神が
風雲に乗り　急を告ぐるこの轟(とどろき)を起しているのか、
折から　この岸辺にありて　吾は徒(いたずら)に耳欹(そばだ)て
無畏(むい)なれども鋭く身を切る無明(むみょう)の境に在るものを。
おお(おお)　教え給え、孤寂なる女神よ、御身の竪琴(ハープ)にかけて
朝な夕な悲しき調に奏でる　その竪琴にかけ希わくは
これら樹立(こだち)の此処彼処(ここかしこ)にて　かく狂おしく吾が悲嘆にくれる
その理由(ゆえよし)を。御身は黙せるまま――実(まこと)に物言い給わずと雖(いえど)も
御身の暗黙の面(おもて)に　思議を超えたる訓(おし)えを読むことが出来る。
巨(おお)いなる知見が吾を一個の神と成す。
名号　行為　年経し伝説　惨事　叛逆
尊貴の位　至上の声　苦悩
創造　破壊の数々　悉(ことごと)く一挙に

は実に深くアポロの 'shape his actions' の構想に根ざしている。彼は外よりせず内よりする力を集め、女神の沈静な相の深処に降りてゆかねばならない。　**111-118　I can read...deify me**　ここには、オウシァナスの智慧が形を変え回帰していると共に、詩人の相を「一切であると共に無である」とするキーツの洞察が秘められている。万有をおのが生に受納することはおのが生を万有の内に投じ、これと合一

Pour into the wide hollows of my brain,
And deify me, as if some blithe wine
Or bright elixir peerless I had drunk,
And so become immortal.'——Thus the God, 120
While his enkindlèd eyes, with level glance
Beneath his white soft temples, steadfast kept
Trembling with light upon Mnemosyne.
Soon wild commotions shook him, and made flush
All the immortal fairness of his limbs—— 125
Most like the struggle at the gate of death;
Or liker still to one who should take leave
Of pale immortal death, and with a pang
As hot as death's is chill, with fierce convulse
Die into life: so young Apollo anguished. 130
His very hair, his golden tresses famed
Kept undulation round his eager neck.
During the pain Mnemosyne upheld
Her arms as one who prophesied.

することに他ならない。この深い一元体験の奥処に、自ずから転身の秘機が胚胎すると考えられる。この全擁の体勢と関連し 'the wide hollows of my brain'(117)という句は注目すべきである。　**130　Die into life**　新しき日の神アポロの顕現をたぐえるこの相が先の旧き日の神ハイピリオンの 'plunge into the deep night' の相と緊密な対応をなしていることは暗示に富む。後の『ハイピリオンの没落』におい

なだれ　わが脳中の虚しく遥けき広袤を満たし
吾を神と成す、恰も　悦ばしき葡萄の酒を幾何か
または　類もなき　光さす霊水を飲み干し
不死の生を得たるが如くに。」――かく神は語り了えた、
その爛々たる双の目は　和膚の白きこめかみの下方より
直なる目差を放ち　終始揺ぎなく
ニーモジニーに注ぐ眼光もて　顫々と燦めきつつ。
程なく　烈しき動乱が彼を震撼し　その体軀の
不滅なる美を　余すところなく紅潮発光せしめた。
その様は　何よりも　死に到る門戸に於ける苦闘の如く
もしくは　永劫に存する蒼白き死に別れを告げ
瀕死の喘ぎの悪寒にはあらね等しく襲う酷熱の喘ぎに駆られ
激烈な悶えのあげく　一旦死して生に転じ入る者に
尚一段と相似るもの。若きアポロの苦悶は正にかくの如くに、
その頭髪すら　房なし垂るる名に負う金髪すらも
ひたぶるの頸部を廻り　うねりを打ち続けた。
その苦痛の始終の間　ニーモジニーは双の腕を
予言をなす者の如くに掲げたるまま。

てこの句に応ずる 'to die and live again before/Thy fated hour' ([29]I.142-143)という句に徴すれば、これが 'in the van of circumstance' を含意すること、また、この顕現の契機として配された旧神統の女神の緘黙が、オウシァナスの言葉に示された、己を超えゆく美を孕む美、即ち次元を替えて転身する美の動機を支えていることも明らかであろう。

[16]　Fancy

Ever let the Fancy roam,
Pleasure never is at home:
At a touch sweet Pleasure melteth,
Like to bubbles when rain pelteth.
Then let wingèd Fancy wander　　　　　　　5
Through the thought still spread beyond her:
Open wide the mind's cage-door,
She'll dart forth, and cloudward soar.
O sweet Fancy! let her loose——
Summer's joys are spoilt by use,　　　　　　10
And the enjoying of the Spring
Fades as does its blossoming;
Autumn's red-lipped fruitage too,
Blushing through the mist and dew,
Cloys with tasting. What do then?　　　　　15
Sit thee by the ingle, when
The sere faggot blazes bright,

---

[16]　在米の弟ジョージ夫妻宛の Journal-letter B(1818年12月16日-1819年1月4日)の1月2日の項に見える。恐らく1818年12月の作と推定される。想像力の歓びを軽快なロンドの調によって歌う。次の[17]と合せて 'These are specimens of a sort of rondeau which I think I shall become partial to——because you have one idea amplified with greater ease and more delight and freedom than in

[16] 幻　　想

幻想をいつも漂泊に任すがいい
悦楽はついに一処に留まらず、
一指を触れれば佳き悦楽は溶け失せる
雨に打たれる水泡(みなわ)のように。
それなら　羽搏(はばた)く幻想を放浪に任すがいい
絶えず彼方に拡がりやまぬ思念を潜(くぐ)り、
ひろびろと理性の檻(おり)の門を開けば
矢のように雲居(くもい)の方(かた)へ飛び立とう。
幻想はめでたき哉(かな)。放(はな)ってやるがいい――
夏の歓びも慣いとなれば色あせる
そして　春の楽しみも
咲き盛る花と等しく移ろうし、
唇紅き秋の実りも
狭霧(さぎり)と露で色づけど
味わえば飽くものを。では　何とする。
囲炉裏に当り坐っていればいい
乾(から)びた粗朶(そだ)が　冬の夜の

───────

the sonnet.' とキーツは註記している。　2-4　移ろいを常とする此岸性の暗示。　4　**Like to**＝Like.　16　**ingle**＝fireplace.　17　**sere**＝withered.

Spirit of a winter's night;
When the soundless earth is muffled,
And the cakèd snow is shuffled   20
From the ploughboy's heavy shoon;
When the Night doth meet the Noon
In a dark conspiracy
To banish Even from her sky.
Sit thee there, and send abroad,   25
With a mind self-overawed,
Fancy, high-commissioned——send her!
She has vassals to attend her:
She will bring, in spite of frost,
Beauties that the earth hath lost;   30
She will bring thee, all together,
All delights of summer weather;
All the buds and bells of May,
From dewy sward or thorny spray;
All the heapèd Autumn's wealth,   35
With a still, mysterious stealth:
She will mix these pleasures up
Like three fit wines in a cup,

---

20 shuffled=removed. **21 shoon**=shoes. **22-24** A reference to the short winter day. [M. A.] **26 self-overawed**=awed by its own imaginative powers. [M. A.] **37-38** Fancy mixes the pleasures of spring, summer, and autumn, just as wine is blended. [J. B.]

精とばかりに　耀(かがや)き燃えるその時に、
大地が覆われ音絶えて
農夫の履いた重い靴から
こびりつく雪が擦(す)り落される時、
夜が真昼と相会し
暗い企みに力を合せ
夕(ゆうべ)を空から締め出す時に。
彼処(かしこ)に坐り　広く世界へ送り出せ、
自ら畏(かしこ)き心でもって
幻想を送り出せ──高い使命を託しつつ。
幻想には従い仕える家来があり
霜が置こうと構わずに運んでこよう
大地が喪(な)くした美の数々を。
君の所へ運んでこよう　一時(いちどき)に
夏の時候のありとある歓びを、
五月のふくらむ蕾(つぼみ)　鈴なす花を悉(ことごと)く
露けき芝生　棘もつ小枝から、
山と積む秋の富を悉く
静かに謎めく秘めやかな振舞いで。
これらの悦楽を幻想は混ぜ合せる
三通(みとお)りの葡萄(ぶどう)の酒を程よく盃でするように、

And thou shalt quaff it——thou shalt hear
Distant harvest-carols clear ;
Rustle of the reapèd corn ;
Sweet birds antheming the morn :
And, in the same moment——hark !
'Tis the early April lark,
Or the rooks, with busy caw,
Foraging for sticks and straw.
Thou shalt, at one glance, behold
The daisy and the marigold ;
White-plumed lilies, and the first
Hedge-grown primrose that hath burst ;
Shaded hyacinth, alway
Sapphire queen of the mid-May ;
And every leaf, and every flower
Pearlèd with the self-same shower.
Thou shalt see the field-mouse peep
Meagre from its cellèd sleep ;
And the snake all winter-thin
Cast on sunny bank its skin ;
Freckled nest-eggs thou shalt see

---

39 thou shalt＝you shall. **51 alway**＝always. 次行の 'mid-May' との押韻のため。 **56 cellèd sleep** 「冬眠」を指す。

そして　一気に君は飲むわけだ——君の耳には
遥かな収穫の祝いの歌が明らかに、
刈り入れる穀草のさやぐ音、
可憐(かれん)な鳥の朝を讃える囀(さえず)りが、
しかも時を同じくし——よく聴き給え
これは四月初めの雲雀(ひばり)の声か、
枯枝や藁(わら)を求めてあさりつつ
鳴き頻(しき)る深山(みやま)烏(がらす)か。
ただの一目(ひとめ)で　君は視(み)る
雛菊(ひなぎく)に金盞花(きんせんか)、
ま白に装う百合(ゆり)の花　咲いたばかりの
生垣の端(はし)の年一番の桜草、
日蔭に咲いたヒヤシンス　五月の盛り
いつに変らず　花の女王と瑠璃(るり)鮮やかに、
すべての葉　すべての花が共どもに
一雨(ひとあめ)の珠(たま)なす雫(しずく)に濡れながら。
野鼠が穴蔵の眠りから覚め
やつれた姿で覗いているのを　君は視る、
冬籠りして痩せ細り這(は)い出た蛇が
日の当る土手で脱皮をする様を、
山査子(さんざし)の樹に懸けた巣の中で

Hatching in the hawthorn-tree, 60
When the hen-bird's wing doth rest
Quiet on her mossy nest;
Then the hurry and alarm
When the bee-hive casts its swarm;
Acorns ripe down-pattering, 65
While the autumn breezes sing.

 O, sweet Fancy! let her loose;
Every thing is spoilt by use:
Where's the cheek that doth not fade,
Too much gazed at? Where's the maid 70
Whose lip mature is ever new?
Where's the eye, however blue,
Doth not weary? Where's the face
One would meet in every place?
Where's the voice, however soft, 75
One would hear so very oft?
At a touch sweet Pleasure melteth
Like to bubbles when rain pelteth.
Let, then, wingèd Fancy find

63-64 春や夏に、蜂、特に蜜蜂が増殖し、女王を含む一群が古い巣から離れて新巣に移る「分蜂、巣別れ」の騒動を指す。

[16] 幻　想

斑の卵が孵るのを　君は視る
母親鳥の羽が静かに
苔生したその巣を覆い安らぐ時に、
巣別れの蜜蜂が　溢れる巣より押し出され
警め合い慌てふためく騒動をも、
熟れた団栗のぱたぱたと地に就く様も
秋風が歌いつつ吹きすぎてゆく時の間に。

　幻想はめでたき哉。放ってやるがいい、
物なべて慣いとなれば色あせる。
赤らみの失せぬ頬がどこにあろうか
余りにしげしげ見つむれば。豊かな唇の
絶えず新たに古びぬ処女はどこにいる。
いかに青けれ　飽かず眺める
目はどこに。いたる処で
会いたしと　人みな希う顔はいずれに。
いかに優しくあろうとも　限りもなく
聞きたしと　人みな希う声はいずれに。
一指を触れれば佳き悦楽は溶け失せる
雨に打たれる水泡のように。
それなら　羽搏く幻想に見つけさせるがいい

Thee a mistress to thy mind: 80
Dulcet-eyed as Ceres' daughter,
Ere the God of Torment taught her
How to frown and how to chide;
With a waist and with a side
White as Hebe's, when her zone 85
Slipped its golden clasp, and down
Fell her kirtle to her feet,
While she held the goblet sweet,
And Jove grew languid.——Break the mesh
Of the Fancy's silken leash; 90
Quickly break her prison-string
And such joys as these she'll bring.
Let the wingèd Fancy roam,
Pleasure never is at home.

---

81 **Dulcet-eyed**＝Sweet-eyed. **Ceres' daughter**＝Proserpine. プルートーにさらわれて后にされた。 82 **the God of Torment**＝Pluto. 后プロセルピナと共に冥界を支配する神。 85 **Hebe** 青春の女神。 87 **kirtle** 女性用のゆったりしたガウン。

君の心に適う愛しい女を。
艶めく目はケレスの娘プロセルピナのよう
眉間に皺よせ咎め立て不快を露にする術を
　苛む神のプルートーが教えたりせぬ頃の、
腰、脇腹の白きことなら
ヘーベーのものと見紛うばかり、腰帯の
黄金の留金掛からずに　　女神の衣が
足元に滑り落ちたかの時の、
美しき酒杯を女神は捧げ
ジョウヴは懶く酔いまさり。──断つがいい
幻想を捕えて繋ぐ絹の絆の網の目を、
牢獄に繋ぐ端綱をば疾く断つならば
かかる数ある歓びを幻想は運んでこよう。
羽搏く幻想を漂泊に任すがいい
悦楽はついに一処に留まらず。

[17] Ode

Bards of Passion and of Mirth,
Ye have left your souls on earth!
Have ye souls in heaven too,
Double-lived in regions new?
Yes, and those of heaven commune 5
With the spheres of sun and moon;
With the noise of fountains wondrous,
And the parle of voices thund'rous;
With the whisper of heaven's trees
And one another, in soft ease 10
Seated on Elysian lawns
Browsed by none but Dian's fawns;
Underneath large blue-bells tented,
Where the daisies are rose-scented,
And the rose herself has got 15
Perfume which on earth is not;
Where the nightingale doth sing

---

[17] 弟ジョージ夫妻宛 Journal-letter B の 1819 年 1 月 2 日の項に [16]に続き並記されているので、両者は殆ど同時に相次いで制作されたと推定される。なお、キーツは 'It is on the double immortality of Poets.' と註記している。 **1 Bards of Passion and of Mirth** 恐らくシェイクスピアを初めとするエリザベス朝の劇詩人たちが念頭されている。 **8 parle** conversation, speech (a recently revived

[17] オード

激情と悦楽の詩人たちよ、
貴方がたは霊魂を地上に遺してゆかれた。
天上でも等しく霊魂を得て
新たな世界で重ねて生を享けておいでか。
然うなのだ、天上の霊魂は日と月の
天圏と誼を結んでいる、
不思議な泉の湧く音や
鳴神のとよみに紛う声の語らいとも、
天上に生い立つ樹々のさやぎとも
そしてお互い同志相共に、暢びやかに心和ぎ
ディアーナの仔鹿ばかりが口にする
楽園の芝生に坐しながら、
高大なブルーベルが天幕をなすその下で、
そこは　雛菊が薔薇の香に立ち
薔薇はといえば　地上で得られぬ
芳しい薫を放つ処、
たわいなく、現なき事ではなく

---

archaism).〔J. B.〕　11　**Elysian** ＞ Elysium ＝ Paradise.　12　**Dian** ＝ Diana.　13　**Underneath ... tented** ＝ Tented underneath ... 次行と押韻のための配語。　**large blue-bells**　ブルーベルは地上では小さな花だが天上に咲く想像の花は高大とされている。

Not a senseless, trancèd thing,
But divine melodious truth ;
Philosophic numbers smooth ;   20
Tales and golden histories
Of heaven and its mysteries.

  Thus ye live on high, and then
On the earth ye live again ;
And the souls ye left behind you   25
Teach us, here, the way to find you,
Where your other souls are joying,
Never slumbered, never cloying.
Here, your earth-born souls still speak
To mortals, of their little week ;   30
Of their sorrows and delights ;
Of their passions and their spites ;
Of their glory and their shame ;
What doth strengthen and what maim.
Thus ye teach us, every day,   35
Wisdom, though fled far away.

---

24 The bards are immortalized by their poetry. [J. B.]   **30 little week**＝brief lives. [J. B.]

神々しい調(しら)べにのせる真実、
よどみなく哲理を抒(の)べる詩歌、
天上とその神秘にかかわる
物語やめでたき伝承の数々を
夜鶯(やおう)が囀(さえず)り聞かせる処。

　このように貴方がたは天穹(そら)の高処(たかみ)で生き
更に　地上で重ねて生きてゆかれる。
貴方がたの遺(のこ)しゆかれた霊魂は
貴方がたの別の霊魂が　眠りもせず
飽きもせず　楽しみ続けるその場処に
貴方がたを見出す術(すべ)　地上の吾らに示すのだ。
この世では、現身(うつしみ)の人々に　貴方がたの地上に生れた霊魂が
語り続けてやまない、彼らの僅かな地上の時を、
彼らの悲しみまた歓びを、
彼らの熱情また怨情を、
彼らの栄光また恥辱を、
力を与えるものまた害(そこな)うものを。
このように　貴方がたは日ごと吾らに
智慧(ちえ)を下さる、遠く遥かに逝かれていても。

Bards of Passion and of Mirth,
Ye have left your souls on earth!
Ye have souls in heaven too,
Double-lived in regions new! 40

激情と悦楽の詩人(うたびと)たちよ、
貴方がたは霊魂を地上に遺してゆかれた。
天上でも等しく霊魂を得て
新たな世界で重ねて生(いのち)を享けられて。

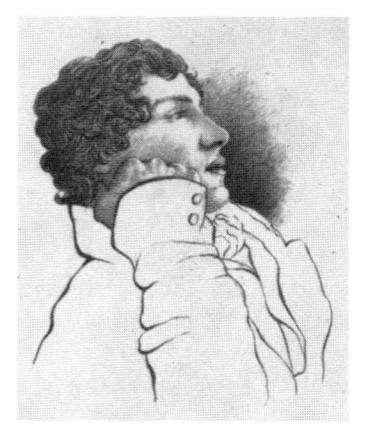

1819年のキーツ(Ch. ブラウン画)

[18] 'Why did I laugh tonight?...'

Why did I laugh tonight? No voice will tell:
　No God, no Demon of severe response,
Deigns to reply from Heaven or from Hell.
　Then to my human heart I turn at once——
Heart! thou and I are here sad and alone;　　　　　5
　Say, wherefore did I laugh! O mortal pain!
O Darkness! Darkness! ever must I moan,
　To question Heaven and Hell and Heart in vain.
Why did I laugh? I know this being's lease
　My fancy to its utmost blisses spreads;　　　　10
Yet could I on this very midnight cease,
　And the world's gaudy ensigns see in shreds.
Verse, Fame, and Beauty are intense indeed,
But Death intenser——Death is Life's high meed.

───────
[18] 弟夫妻宛 Journal-letter C (1819年2月14日-5月3日) の3月19日の項に転記されたソネット。 **1-8** 笑うという日常的な行為が突如生の深淵に至る通路となり、此岸性に対する応答なき問を重ね、しかもその解答をついに己に課さざるをえぬ歎きが痛切である。 **7 Darkness** キーツの作に頻出するこの語の含蓄は常に深い。この作の転記に先立つ省察を 'straining at particles of light in the midst

[18]　「今宵吾が笑いしは何故……」

今宵吾が笑いしは何故。何者の声も告げようとはせぬ。
　　いかなる神も、冷厳な応答をなすいかなる魔も
上天より　奈落の底より　答を恵んではくれぬ。
　　されば　直ちに転じ現身のわが心に対う──
心よ、汝と吾とのみ　今ここに悲しくも伴なり。
　　語れ、吾が笑いしは何故に。おお　地上の者の何たる苦しみ。
おお　冥し、冥し、絶えず声あげて歎きつつ
　　上天に　奈落に　はたこの心に　虚く問わねばならぬとは。
吾が笑いしは何故と。吾は知る　この命の限られてあり
　　想像の営為は開展を極めついに至福の境に到ることを。
だが　今宵まさしく夜半のくだちに命終り
　　絢爛たる此岸の旗を綻びたる儘に見ることこそ　希わしい。
詩も　栄誉も　美も　まことに烈しく迫る、
されど　死は更に優りて烈し──死こそ生の授かる高き報賞。

─────────

of a great darkness' と述べる言葉と併せ深思に値する。　**9　this being's lease**　地上の生が一時的に貸与されたにすぎぬということ。　**9-14**　自ずから自答をなし末尾の荘重な確信の語気に流れてゆく。　**11　could**　末尾２行の強勁な直説法の語気に対応する仮定法の含蓄は微妙。　**12**　優れた１行。　**14　Death is ... meed**　いわば生という画竜に睛を点ずるものこそ死に他ならない。

[19]　La Belle Dame sans Merci

I

O what can ail thee, knight-at-arms,
　　Alone and palely loitering?
The sedge has withered from the lake,
　　And no birds sing.

II

O what can ail thee, knight-at-arms,　　　　　　　　　5
　　So haggard and so woe-begone?
The squirrel's granary is full,
　　And the harvest's done.

III

I see a lily on thy brow,
　　With anguish moist and fever-dew,　　　　　　　　10
And on thy cheeks a fading rose
　　Fast withereth too.

---

[19]　弟夫妻宛 Journal-letter C の 4 月 21 日の項に転記されたバラッドの名作。**1 ail**=trouble. **6 woe-begone**「悲しみに沈んだ」。**8 done**=finished. **9, 11 lily, rose** poetic commonplace for the white and red of the face, but usually applied to beautiful women rather than, as here, to a man. [J. B.]　**9-12** Keats's lines suggest a recollection of Tom Keats's last illness. [M. A.]

[19]　美しき非情の女

I

何事ありて思い煩う　甲冑ゆゆしき騎士よ、
　　ただ独り血の気も失せて廻りつつ。
湖に菅は末枯れて移ろい
　　啼く鳥は絶えてなし。

II

何事ありて思い煩う　甲冑ゆゆしき騎士よ、
　　かくも萎え　かくも悲しみに拉がれて。
栗鼠の穀倉は満ち足らい
　　収穫の秋は終りぬ。

III

君が額に百合の花見ゆ
　　苦悩と熱にしとどに濡れて、
君が頬には　あせゆく薔薇
　　また　速やかに凋みつつ。

IV

I met a lady in the meads,
　　Full beautiful——a faery's child,
Her hair was long, her foot was light,　　　　15
　　And her eyes were wild.

V

I made a garland for her head,
　　And bracelets too, and fragrant zone;
She looked at me as she did love,
　　And made sweet moan.　　　　　　　　　20

VI

I set her on my pacing steed,
　　And nothing else saw all day long,
For sidelong would she bend, and sing
　　A faery's song.

VII

She found me roots of relish sweet,　　　　　25

---

18 fragrant zone＝a girdle or belt made of flowers (poeticism). [J. B.]

IV

たかはらに遇(あ)いし女(おみな)あり
　美の極み――仙女の子なり、
その髪長く　足かろやかに
　その目は妖し。

V

頭(こうべ)にかざす花環(かいな)を編みて与えぬ
　腕に釧(くしろ)も　芳(かぐわ)しき腰帯をも、
女(おみな)は恋うるがに吾を目守(まも)りて
　甘やかに声を洩らしぬ。

VI

歩みを運ぶわが駒に騎(の)せ
　吾はひむすがら他をかえりみず、
横ざまに身を傾(かし)げかの女(おみな)歌いし故(から)に
　神仙の歌のひとふし。

VII

わがために美味(うま)しき草の根を見出でたり

And honey wild, and manna-dew,
And sure in language strange she said—
  'I love thee true'.

VIII

She took me to her elfin grot,
  And there she wept and sighed full sore, 30
And there I shut her wild wild eyes
  With kisses four.

IX

And there she lullèd me asleep
  And there I dreamed—Ah! woe betide!—
The latest dream I ever dreamt 35
  On the cold hill side.

X

I saw pale kings and princes too,
  Pale warriors, death-pale were they all;
They cried—'La Belle Dame sans Merci
  Thee hath in thrall!' 40

---

26 manna=the mysterious food which God gave the Israelites in the desert. *Exodus* xvi. 21. says they gathered manna each morning, 'and when the sun waxed hot it melted'. Keats thought of it as an actual fruit. [J. B.]　**29 grot**=grotto.　**34 betide**=befall, happen to.　**35 latest**=last.　**36 hill**　XI(44)にそろえ 'hill's' とするテクストがあるが、Journal-letter のキーツの筆記に拠る[J. B.]

[19] 美しき非情の女

天然の蜂蜜を　マナの雫を、
　異様の言の葉ながら紛れもなく声に出せり──
「まことに君を愛す」と。

VIII

棲みなせる仙窟に吾を導き
　女は哭き　溢るる歎きの息を吐けり、
彼処にて吾は塞ぎぬ　妖しとも妖しきかの目を
　四たびの接吻をもて。

IX

彼処にてかの女吾を眠りに誘い
　彼処にて吾は夢みぬ──ああ　災厄なる哉──
わが見たるついのその夢
　肌寒き丘のなぞえに。

X

吾は見たりき　血の気の失せし諸国の王また王子らを
　血の気の失せし武士どもを　悉く亡者の如く蒼ざめて。
彼らは叫びぬ──「美しき非情の女
　汝が心をば捉えたり」と。

───────

[M. A.]のテクストにしたがう。

XI

I saw their starved lips in the gloam,
  With horrid warning gapèd wide,
And I awoke and found me here,
  On the cold hill's side.

XII

And this is why I sojourn here   45
  Alone and palely loitering,
Though the sedge is withered from the lake,
  And no birds sing.

---

41 gloam＝evening dusk, twilight.
　この作に就ては The poem is obviously connected with Keats's feelings about Fanny Brawne and is strongly influenced by memories of Spenser's fatal enchantresses in *The Faerie Queene* and by various traditional ballads expressing the destructiveness of love, which are also the chief models for its diction and metrical style.

XI

吾は見たりき　夕闇に　餓えやつれたる唇の
　　おぞましき警(いまし)めを告げうち開くそのさまを、
目醒めてみれば　わが身はこの地にありぬ
　　肌寒き丘のなぞえに。

XII

さればこそ　この地をば去りやらず
　　ただ独り血の気も失せて廻(もとお)るなれ、
湖に菅(すげ)は末(すが)枯れて移ろい
　　啼く鳥は絶えてなけれど。

[M. A.]参照。なお、'Scanty the hour and few the steps beyond the bourn of care, /Beyond the sweet and bitter world——beyond it unaware; /Scanty the hour and few the steps, because a longer stay/Would bar return, and make a man forget his mortal way.' ('Lines Written in the Highlands after a Visit to Burns's Country', 29-32)がこの騎士の境位を解く鍵となろう。

[20] 'If by dull rhymes our English must be chained'

If by dull rhymes our English must be chained,
And, like Andromeda, the Sonnet sweet
Fettered, in spite of painèd loveliness,
Let us find out, if we must be constrained,
Sandals more interwoven and complete 5
To fit the naked foot of Poesy :
Let us inspect the lyre, and weigh the stress
Of every chord, and see what may be gained
By ear industrious, and attention meet ;
Misers of sound and syllable, no less 10
Than Midas of his coinage, let us be
Jealous of dead leaves in the bay wreath crown ;
So, if we may not let the Muse be free,
She will be bound with garlands of her own.

---

[20] 弟夫妻宛 Journal-letter C の5月3日の項に 'I have been endeavouring to discover a better Sonnet Stanza than we have.' という註記とともに見える。 **2 Andromeda** 母親がドーリス(海神の娘)の50人の娘たちよりも美しいと誇ったのを罰するため、海神がつかわした怪物の怒りを鎮める人身御供として海辺の岩に繋がれたが、ペルセウスに救われる。 **11 Midas** 自分が触れる物がすべて黄金

［20］「吾々の英語が鈍重な韻の鎖に繋がれ」

吾々の英語が鈍重な韻の鎖に繋がれ、
めでたいソネットが　苦悶する美しさはともあれ
アンドロメダのように　足枷に自由を奪われる他ないのなら、
見つけようではないか、どうしてもやらねばならぬものなら、
もっと細やかに編みなされ完璧なサンダルを
詩歌の素足にふさわしく。
竪琴を点検し　あらゆる絃の張りの具合を計った上で
一心不乱の耳と適切な心配りにより
何が得られるものか　見てみようではないか。
金銭に対するミダースに劣らず
音節の奏でる調に飽くなき者として
月桂の冠に枯葉の混じらぬよう油断なく意を尽そうではないか。
そうすれば　解放してやることがたとえ叶わずとも、
詩の女神は自ら編んだ花綵に繋がれていることだろう。

―――――――
となることを欲したプリュギアの王。

[21]　Ode to Psyche

O Goddess! hear these tuneless numbers, wrung
　　By sweet enforcement and remembrance dear,
And pardon that thy secrets should be sung
　　Even into thine own soft-conchèd ear:
Surely I dreamt to-day, or did I see　　　　　　　　　5
　　The wingèd Psyche with awakened eyes?
I wandered in a forest thoughtlessly,
　　And, on the sudden, fainting with surprise,
Saw two fair creatures, couchèd side by side
　　In deepest grass, beneath the whispering roof　　10
　　Of leaves and tremblèd blossoms, where there ran
　　　　A brooklet, scarce espied:
'Mid hushed, cool-rooted flowers, fragrant-eyed,
　　Blue, silver-white, and budded Tyrian,
They lay calm-breathing on the bedded grass;　　　　15
　　Their arms embraced, and their pinions too;

---

[21]　1819年4月21日より30日の間に成ったと考えられる作。Journal-letter C の4月30日の項に転記され、5月に相次いで制作される 'great odes' の前駆をなす。　**1 Goddess**＝Psyche [sáiki]. プシューケーは「魂」を意味する語でもある。エロースとの恋物語は2世紀のローマの作家アープーレイウスの『黄金のろば』に詳しい。　**7 thoughtlessly**　放念無礙にして万象を受納する体勢を暗示。この境

[21]　サイキによせるオード

おお　聞き給え　女神よ、調整わぬこれらの詩を、
　　やみがたき甘美な促しと貴き追想に迫られて成れるもの、
また　許し給え　御身の秘事が歌われ
　　巻貝に似る柔和な　御身の耳に　まさしく通いゆくのを。
今日　紛れもなく　夢幻の境に吾は視たり、それとも
　　醒めし目に眺めありしか、翼を得たるサイキをば。
放念の心虚しく　森林をさすらいゆき
　　不意に　驚きの余りめくるめくばかり
二体の美しき者が寄り添い臥せる様を目のあたりにせり
　　深々とこよなく茂る草生に、葉簇とうち顫う花々とが
　　さやぎつつ屋根を懸け　細い
　　　　　　　　せせらぎが
　　　人目に触れず流れる処に。
青に　銀白に　ほのかに差しまさりゆく紫に映え
　　息を潜め　涼しく根を張り　芳しく見開く花々のただ中、
生い蘩く草の褥に息づかい穏やかに横たわり、
　　その腕は抱き交し　翼もまた結ぼれ合いて。

―――――――
地をキーツはしばしば 'indolence' と呼ぶ。例えば上記書簡の3月17日の項には 'There is a great difference between an easy and an uneasy indolence.' という注目すべき省察が見える。彼の 'indolence' は、此岸性への絶えざる復帰とその把捉を促す潜勢の胎動を秘めた固有の体験であった。　**14　Tyrian**＝Tyrian-purple. 古代ギリシャ人やローマ人が地中海の貝の分泌液からとった紫の染料。ここで

  Their lips touched not, but had not bade adieu,
As if disjoinèd by soft-handed slumber,
And ready still past kisses to outnumber
  At tender eye-dawn of aurorean love: 20
    The wingèd boy I knew;
  But who wast thou, O happy, happy dove?
    His Psyche true!

O latest born and loveliest vision far
  Of all Olympus' faded hierarchy!   25
Fairer than Phoebe's sapphire-regioned star,
  Or Vesper, amorous glow-worm of the sky;
Fairer than these, though temple thou hast none,
    Nor altar heaped with flowers;
Nor virgin-choir to make delicious moan   30
    Upon the midnight hours;
No voice, no lute, no pipe, no incense sweet
  From chain-swung censer teeming;
No shrine, no grove, no oracle, no heat
  Of pale-mouthed prophet dreaming.   35

はその色。'budded' は植物の芽吹いてゆく如く色を増したと解す。
20 aurorean＝auroral. **21 wingèd boy**＝Eros. **26 Phoebe's sapphire-regioned star**＝the moon. 'Phoebe' は月の女神。**24-35, 36-49** サイキがオリンポスの神統の最後に位し敬虔な祭儀を受けるに至らず没落したことを思い、詩人は自ら上代の 'happy pieties'(41) を一身に具現することを希う。後世にあって、亡びた神統の女神を現

唇は触れ合わずとも　　相別れはせず、
　恰も　優しき手ぶりの眠りに引き離され、
情愛がほのぼのと明けゆく朝の目を開く暁には
　　かつての接吻の数を更に凌ごうと思い設けているかの如く。
　　　　翼を持てる若者は　見識りたれども、
　　おお　幸いな　幸いな鳩よ、汝はそも誰なりしか。
　　　　実に　サイキ　かの神の伴にして二心なき。

おお　耀き失せしオリンポスのあらゆる神々の位階に連なり
　生れること最も遅く　示現の像の上なく勝れて美しき方よ。
瑠璃の空に昇り月の女神のいます星宿にも、または
　空に耀く艶なる蛍　かの宵の明星にも優りて美しく。
これらの星に優り美しき御身、祀らるる神殿はなけれども、
　　　献花の堆き祭壇も、
更けわたる夜半の刻々　哀悼の妙なる歌唱を捧げる
　　　処女らの聖歌隊も、
祈りの声も　絃琴も　笛も　鎖に揺らぐ
　吊り香炉より溢れて昇る芳しき香煙も、
聖堂も　杜の繁みも　神託も　夢想する
　唇の色あせし予言の僧のひたぶるもなけれど。

───────

に視るという時処を超えた次元は、続いて詩人の内部に開く 'wide quietness'(58) の境へと移される。なお、30-35 と 44-49 に見られる語句の繰返しが声調に及ぼす波動の趣は 50 以下の高まりに向うゆたいの効果を挙げている。

O brightest! though too late for antique vows,
　　Too, too late for the fond believing lyre,
When holy were the haunted forest boughs,
　　Holy the air, the water, and the fire;
Yet even in these days so far retired
　　From happy pieties, thy lucent fans,
　　Fluttering among the faint Olympians,
I see, and sing, by my own eyes inspired.
So let me be thy choir, and make a moan
　　　Upon the midnight hours;
Thy voice, thy lute, thy pipe, thy incense sweet
　　From swingèd censer teeming—
Thy shrine, thy grove, thy oracle, thy heat
　　Of pale-mouthed prophet dreaming.

Yes, I will be thy priest, and build a fane

[21] サイキによせるオード

おお　上なく耀きわたる方よ、余りに後れしため古代の
　　　　　　　　　　　　　　　　誓いに名ざされず、
　　まこと余りに後れ　私心なき篤信の堅琴の讃える調を
　　　　　　　　　　　　　　　　受けえずとはいえ、
霊性の宿る森林の枝々が神聖であり
　　大気も水も火も神聖なりし時代に会わずして。
されど　めでたき敬虔の心を隔たりかくも遥かな
　　今の代にすら　御身の耀きわたる翼が
　　衰退せるオリンポスの神々の間に羽搏く様を
わが目の促す霊感により、吾は視かつ歌う。
されば　この身を　御身の聖歌隊となし哀悼の歌唱を
　　　　　　　　　　　　　　　　なさしめ給え
　　　更けわたる夜半の刻々に、
御身に捧ぐる祈りの声に　御身の絃琴に　御身の笛に
　　　　　　　　　　　　　　　　うち揺らぐ
　　吊り香炉より御身に向い溢れて昇る芳しき香煙に──
御身の聖堂に　御身の杜の繁みに　御身の神託に　夢想する
　　唇の色あせし予言の僧の御身の意に副うひたぶるに
　　　　　　　　　　　　　　　　ならしめ給え。

然なり　御身を祀る司祭となり　一の神殿を　わが心の

In some untrodden region of my mind,
Where branchèd thoughts, new grown with
                      pleasant pain,
  Instead of pines shall murmur in the wind:
Far, far around shall those dark-clustered trees
  Fledge the wild-ridgèd mountains steep by
                        steep; 55
And there by zephyrs, streams, and birds, and bees,
  The moss-lain Dryads shall be lulled to sleep;
And in the midst of this wide quietness
  A rosy sanctuary will I dress
With the wreathed trellis of a working brain, 60
  With buds, and bells, and stars without a name,
With all the gardener Fancy e'er could feign,
  Who breeding flowers, will never breed
                      the same:
And there shall be for thee all soft delight
  That shadowy thought can win, 65
A bright torch, and a casement ope at night,
  To let the warm Love in!

---

52 branchèd thoughts 上記書簡でキーツは「涙の谷」を苦難に満ちた現世に対する誤れる俗称として斥け、「魂を錬成する谷」と呼び替え此岸世界への絶対の帰依を説く(4月21日)。受容は動い肯定へと進むのである。この思念の枝ぶりには 'Soul-making' に於て頂点に達する此岸性をめぐる観相の深化の跡が紛れもなく影おちている。
54-55 詩人の内なる未踏の領域が正に天然の大洞窟を象り此岸の深

[21] サイキによせるオード　　　　135

　いずこにか　未踏の領域に建立せんことを　吾は欲する。
その地には　さし交す思念の枝ぶりが　快き苦痛をおびて
　　　　　　　　　　　　　　　　　　　　　新たに拡がり
　松に代り　風に戦(そよ)ぎざわめくであろう。
その地を廻り　遥かに遠き辺りには　黒々と群立つ樹々が
　嶮(けわ)しく断(き)り立つ山々の峰また峰を覆い飾るで
　　　　　　　　　　　　　　　　　　　　　　　あろう。
また　その地では　微風(そよかぜ)や細流(せせらぎ)　鳥の囀(さえず)りや蜜蜂の羽音に
　苔(こけ)の褥(しとね)に横たわる森の精どもがあやされ　眠りに入ろう。
更に、広遠なるこの寂静(じゃくじょう)の境界のただ中に
　薔薇(ばら)の香にたつ至聖の堂宇を荘厳(しょうごん)せんことを、
いそしむ頭脳の織り成す瑞垣(みずがき)をもて
　名も分かぬ　花の蕾(つぼみ)　鈴と咲く花　星と咲く花をもて
幻想と名告(なの)る庭師のいやしくも成しうる限りのものをもて、
　しかも　花々を育(はぐく)みつつ等しきものを彼が咲かせる
　　　　　　　　　　　　　　　　　　　　　ことは絶えてなく。
而(しこう)して　そこには　御身のため　陰翳(かげ)深き思念のかちうる
　心和むありとあらゆる歓びが在り、
夜ともなれば　耀く松明(たいまつ)　開け放つ窓
　燃ゆる情(こころ)の愛の神を出で迎うべく。

層に開いていることを深思すべきである。**58 this wide quietness**
この地に秘められた全擁の営為を端的に示す広大なヴィジョンである。
神々の没落が暗示する万有の流転の相は常にキーツの生を焼いた煉獄
の火であった。今それが内に開く幽遠な静寂の境に抱きとられ、詩人
が女神に捧げるのはすべて 'working brain' と 'the gardener
Fancy' の生みなす創造の供物である。なお、'soft'(64)の含蓄は深い。

[22]　On Fame (I)

Fame, like a wayward girl, will still be coy
　To those who woo her with too slavish knees,
But makes surrender to some thoughtless boy,
　And dotes the more upon a heart at ease;
She is gipsy, will not speak to those 5
　Who have not learnt to be content without her;
A jilt, whose ear was never whispered close,
　Who thinks they scandal her who talk
　　　　　　　　　　about her ——
A very gipsy is she, Nilus-born,
　Sister-in-law to jealous Potiphar. 10
Ye love-sick bards! repay her scorn for scorn;
　Ye artists lovelorn! madmen that ye are,
Make your best bow to her and bid adieu ——
Then, if she likes it, she will follow you.

---

[22]　弟夫妻宛 Journal-letter C の 4 月 30 日の項に当日の作として転記される。世評について 'I equally dislike the favour of the public with the love of a woman —— they are both a cloying treacle to the wings of independence. I shall ever consider them (People) as debtors to me for verses, not myself to them for admiration —— which I can do without.' (1819 年 8 月 23 日テイラー宛)と言うキーツ

[22]　名声について（一）

名声とは　気まぐれな女に似て　余りに卑屈に膝を折り
　　言い寄る者には　いつも控え目に気取って見せるが、
向う見ずな若者に会えば　言いなりに靡(なび)いてしまい
　　屈託のない気心の人になら　なおのこと恋いこがれる。
ジプシーの女で　声をかけてやろうともせぬ
　　自分がいなければ落着いていられぬような男には。
男をなぶる女だ、親しく囁きかけられたことなどついぞなく
　　話題にされれば　陰口をたたいていると
　　　　　　　　　　　　　　　　勘繰るのだ——
ナイルの畔(ほとり)に生れた　まさしく　ジプシーの女で
　　嫉妬深いポテパルの義妹(いもうと)なのだ。
恋に敗れた詩人たち、愚弄には愚弄を以(もっ)て応えてやるがいい。
　　君たち　恋に敗れた芸術家の方々、何という狂気の沙汰か、
礼を尽して頭を下げ別れを告げてやるといい——
すると　その気があれば　女の方で追いかけてくるだろう。

の心境が参考となろう。　8　scandal＝defame, slander.　10　Potiphar　ヨセフを誘惑しようとした妻の中傷を信じ彼を投獄したエジプトの高官（「創世記」39）。

[23] On Fame (II)

You cannot eat your cake and have it too
(Proverb)

How fevered is the man who cannot look
　Upon his mortal days with temperate blood,
Who vexes all the leaves of his life's book,
　And robs his fair name of its maidenhood;
It is as if the rose should pluck herself,　　　　　　5
　Or the ripe plum finger its misty bloom,
As if a Naiad, like a meddling elf,
　Should darken her pure grot with muddy gloom:
But the rose leaves herself upon the briar,
　For winds to kiss and grateful bees to feed,　　　10
And the ripe plum still wears its dim attire,
　　The undisturbèd lake has crystal space;
　Why then should man, teasing the world for grace,
　Spoil his salvation for a fierce miscreed?

---

[23]　[22]と同時に成り、弟夫妻宛 Journal-letter C に並記されたソネット。**2 mortal days**　地上の者の 'mortal nature', 'mortal way' の場合と同じくキーツにおける 'mortal' は常に深思すべき語である。彼が自ら傍線、下線等を施したシェイクスピアのテクスト (Caroline F. E. Spurgeon: *Keats's Shakespeare*.)の中、1行1行傍線を付したタイテニアの科白の 'human mortals' (*A Midsummer*

[23]　名声について（二）
　　　「食べた菓子は取ってはおけない」
　　　（諺）

何たる狂熱の徒であろう　おのが地上の日々を
　　節度ある和みの血潮で眺めえぬ者は、
一生を記す書のすべての頁を苦渋で埋め
　　汚れなきおのが名望よりその純潔を奪う者は。
それは　恰も薔薇の花が吾とわが身を摘み取り
　　熟れ満ちた李が仄かにけぶるその光沢を嬲るが如く、
泉の精が　悪戯好きの小鬼と同じく
　　浄いその岩屋を濁れる闇に鎖すに等しい。
だが　薔薇の花は棘ある枝に咲き続け
　　風が接吻し蜜蜂が感謝して蜜を吸うに任せる、
熟れ満ちた李はけぶりたつ装いをなお身にまとい
　　静まり返る湖は澄み透る拡がりを湛えている。
　　では　一体なぜ人は恩顧を求めて世上を
　　　　　　　　　　　　　　　　　　　　煩わせ
　　狂信に捉われておのが救済を害なうのであろう。

Night's Dream, II. i. 101)に更に二本の下線が引かれていることも暗示に富むしるべとなろう。　**9-12　the rose leaves ... crystal space**　自然界の個々の物が大自然の運行に随順しておのが自然を尽す、おのずからなる相、その任運の体勢を善しとするキーツの感懐が偲ばれる。

[24] Ode on a Grecian Urn

I

Thou still unravished bride of quietness,
  Thou foster-child of silence and slow time,
Sylvan historian, who canst thus express
  A flowery tale more sweetly than our rhyme:
What leaf-fringed legend haunts about thy shape   5
  Of deities or mortals, or of both,
    In Tempe or the dales of Arcady?
  What men or gods are these? What maidens loth?
What mad pursuit? What struggle to escape?
    What pipes and timbrels? What wild ecstasy?   10

II

Heard melodies are sweet, but those unheard
  Are sweeter; therefore, ye soft pipes, play on;

---

[24] 1819年5月、[21]を前駆として相次いで制作された 'great odes' の1篇。**I 1-4** 眼前に鎮まる壺に対する詩人の呼びかけにはこの壺の paradoxical な性格が窺われるが、それはこの壺が単なる壺にとどまらずあらゆる矛盾を超え此岸の営為の一切を抱きとる全擁のヴィジョンであることに起因している。'Sylvan' の含意する「森」が、キーツの場合、その奥深さにより包み抱く自然であることも仮そ

[24] ギリシャの壺のオード

I

御身、今なお純潔を保つ 静寂の花嫁よ、
　　沈黙とゆるやかな時光に育(はぐく)まれし子よ、
森の史(ふびと) かくの如く抒べうる者よ
　　華やぐ物語を 吾らが詩(うた)に優(まさ)り 妙なる調(しらべ)に。
木の葉の縁取るいかなる伝承が絶えず顕ちくるのか
　　御身の象(かたど)る神々もしくは人々、はたその双方の姿を廻(めぐ)り、
　　　　テンペかはたまたアルカディアの谿谷(けいこく)にして。
　　これらはいかなる人はた神か。拒むはいかなる
　　　　　　　　　　　　　　　　　　処女子(おとめご)か。
狂せるいかなる追跡、逃れんとのいかなる足掻(あが)き。
　　いかなる笛また小太鼓、激しきいかなる
　　　　　　　　　　　　　　　　恍惚境ぞ。

II

聞ゆる楽(がく)の調(しらべ)は美しい、さあれ 聞えぬものこそ
　　更に優(まさ)りて美しい。されば ゆかしき笛よ、やまず奏でよ

めではない。 **5-10** 後半は多数の短い問を連ね急迫するが、この急調はこれらの問がすべて一方的であり壺はかえって深い沈黙の内にあることを示している。相次ぐ問は、直接には壺の表面の形象に関しているが、その深層に此岸性を問う語気を潜めているのは言うまでもない。この時期のキーツがいかに切実にこの応答なき問を繰返してきたかということを想起すべきであろう。 **II　11-12** この2行は上の相

Not to the sensual ear, but, more endeared,
   Pipe to the spirit ditties of no tone :
Fair youth, beneath the trees, thou canst not leave   15
   Thy song, nor ever can those trees be bare ;
     Bold Lover, never, never canst thou kiss,
Though winning near the goal——yet, do not grieve :
   She cannot fade, though thou hast not thy bliss,
     For ever wilt thou love, and she be fair !   20

         III

Ah, happy, happy boughs ! that cannot shed
   Your leaves, nor ever bid the Spring adieu ;
And, happy melodist, unwearièd,
   For ever piping songs for ever new ;
More happy love ! more happy, happy love !   25
   For ever warm and still to be enjoyed,
     For ever panting, and for ever young——
All breathing human passion far above,
   That leaves a heart high-sorrowful and cloyed,

次ぐ問に応答なきことを容認する心境を暗示している。詩人は「聞えぬ楽の調」に感応する高い観相の境に立たねばならない。'Pipe to the spirit...'(14)と呼びかける所以である。　**15-20**　後半は壺の具現する古代の熱き恋の相を抒べる。それは、現在の一点に時が収斂し高まり満ちた次元において捉えられる故、殆ど永遠の翳りをおびている。
III　21-28　地上の生の歓喜の相を展開してゆくが、'happy' と 'for

現(うつつ)なる耳にはあらで　遥かに優り慕わしく
　　音なき詩曲(うた)を　魂に向い吹き鳴らせよ。
木の下蔭の美しき若者よ、汝(なんじ)はその歌を
　　　　　　　　　　　　　　　　　擱(お)くことは
　　出来ぬ　樹々の葉の散り失せることもありえぬ。
　　　臆せず恋する男(おのこ)よ、汝の接吻(くちづけ)は絶えて叶わぬ
まぢかに叶う際(きわ)にはあれど——さあれ　歎くこと
　　　　　　　　　　　　　　　　　　　　　勿(なか)れ。
　　汝に至福の足らわずとも、処女(おとめ)の失せることはありえず
　　　永久(とこ)に汝は恋しみやまず　愛(いと)しき女(おみな)は美しきまま。

　　　III

あわれ　幸ある　幸ある枝々よ、繁る葉を散らしも敢えず
　　春に別れを告げやることも絶えてなく。
また　幸ある楽人よ、倦(う)むことなく
　　永久(とこ)に新たな歌を永久に吹き鳴らしつつ。
まして幸ある恋　いやまして幸ある　幸ある恋よ、
　永久(とこしえ)に情(おもい)は熱く　歓びは絶ゆる期(とき)なく
　　　永久に憧れわたり　永久に瑞々(みずみず)しく——
　悉(ことごと)く　現身(うつしみ)の情動を遥かに超えて息づきつつ、
　　心をば切なる悲しみ　憂き思いに満たし

---

ever'との余りにも頻繁な繰返しがついにはかえって此岸の実相を喚起せざるをえない。　**29-30**　これは上の永遠性の強調を介し自ずから響き出た此岸世界の流転の歎きに他ならない。

A burning forehead, and a parching tongue. 30

IV

Who are these coming to the sacrifice?
　To what green altar, O mysterious priest,
Lead'st thou that heifer lowing at the skies,
　And all her silken flanks with garlands dressed?
What little town by river or sea shore, 35
　Or mountain-built with peaceful citadel,
　　Is emptied of this folk, this pious morn?
And, little town, thy streets for evermore
　Will silent be; and not a soul to tell
　　Why thou art desolate, can e'er return. 40

V

O Attic shape! Fair attitude! with brede
　Of marble men and maidens overwrought,
With forest branches and the trodden weed;
　Thou, silent form, dost tease us out of thought
As doth eternity: Cold Pastoral! 45
　When old age shall this generation waste,

IV 華やいだ形象とは対比的に一転して厳粛な祭儀の相を抒べる。その大部分(31-37)が問に終始し、末尾3行は再び応答なきことを容認せざるをえぬ詩人の境位を暗示している。そこには消し難い諦念の語気が囁いていると言ってよい。「森の史」と呼ばれた壺は、かくして、此岸世界に根ざす明暗悲喜の両相を包含する全擁の鎮まりを以て詩人に対するのである。壺が死者の遺骨を納める器となることも意味

燃ゆる額　渇ける舌を形見に移ろう　その情動を。

IV

これら犠牲の祭儀に向いゆくのは誰か。
　　緑なすいかなる祭壇に向い、おお　神秘なる司祭よ、
高空にむけ声あぐる若き牝牛を導きゆくのか
　　肌濃やかなその胴をあまねく花環に飾りて。
川沿いのはた海辺なる　ささやかないかなる邑、
　　はたまた　和かに静まる城廓を築く山巓のいかなる邑を
　　　　敬虔なるこの朝け、これらの民は後にしたのか。
而も　ささやかなる邑よ、汝が往還は　永久に
　　寂静として、告げ報す者は誰一人
　　　　戻りえぬ　汝が荒れ寂れしその理由を。

V

おお　アッティカの形姿、美しき佇まいよ、うら若き
　　男女の像を大理石に彫り帯に象り廻らせたる、
森の枝々また踏みしだかれし雑草を添え。
　　御身は　黙せる形相よ、吾らを駆り思念の埒を超えしめる
永劫の為すに等しく。涼やかなる牧歌よ。
　　年古りて今の代を荒寥と移ろわせる　その時にも

深長である。**V　41　brede**＝a variant spelling of braid, used as a poeticism for anything interwoven or plaited. [J. B.]　**44-45**　此岸性をめぐる夥しい問に対し、壺は超然と緘黙を続け思考の放棄を迫る。'Cold' は、表面に刻まれた形象に代表される一切の地上の営為を覆う爽涼の気、切なる問に寂然と対する物が印象する謎を含んだ冷淡を意味する。詩人は壺の湛える鎮まりの奥底に迫らねばならない。

> Thou shalt remain, in midst of other woe
> Than ours, a friend to man, to whom thou say'st,
>   'Beauty is truth, truth beauty,—that is all
>   Ye know on earth, and all ye need to know.' 50

49-50 地上の人に対い壺が語るとされるこの2行には『ハイピリオン』のアポロと同じ体勢によりキーツが壺の静寂に合一し把捉した「巨いなる知見」の精髄があろう。'Truth' は reality を意味するが、別言すれば、「事物における必然的なもの」を美と観ることを学び、事物を美しくする者の一人となることを念じたニーチェの 'das Notwendige an den Dingen' に他ならない(『華やぐ知慧』276番)。

[24] ギリシャの壺のオード   147

御身は変ることなく　吾らのものとは異なる
歎きのただ中に　人の友と在り続け　語りかける
　「美は実相(まこと)、実相は美——これのみが　地上(おい)に於て
　　汝らの識りかつ識るを要するすべてなれ」と。

──────────
'Beauty' と 'truth' を一如(いちにょ)とすることは一切の事象をその本来如是(にょぜ)の相に於て、即ち個々の物の必然性の漲りに於て受容することである。壺はこの体勢を具現し、無間断の時の流れに映り出る永遠を指し、寂静として微笑むかの如くである。'On earth' を深く捉えれば、大地に対するキーツの畏敬、感謝、帰依はここに朗らかな肯定へと進み、此岸の多様な営為を大きく包み頌めんとしていると言ってよい。

[25] Ode to a Nightingale

I

My heart aches, and a drowsy numbness pains
  My sense, as though of hemlock I had drunk,
Or emptied some dull opiate to the drains
  One minute past, and Lethe-wards had sunk:
'Tis not through envy of thy happy lot,   5
  But being too happy in thine happiness——
      That thou, light-wingèd Dryad of the trees,
         In some melodious plot
  Of beechen green, and shadows numberless,
    Singest of summer in full-throated ease.   10

II

O, for a draught of vintage! that hath been
  Cooled a long age in the deep-delvèd earth,
Tasting of Flora and the country green,
  Dance, and Provençal song, and sunburnt mirth!

---

[25] 1819年5月の作。[24]と同じく 'great odes' に数えられる。
I 1-4 'A drowsy numbness' という句は詩人が 'indolence' の境にあることを示唆しているが、動詞 'ache', 'pain' と麻薬の力を挙げる比喩により、それがむしろ 'an uneasy indolence'(129頁の脚註)であることを暗示している。 **5-6** 夜鶯の囀りが 'in full-throated ease'(10)という自ずからの勢いに溢れ、その囀りに包まれ、詩人もま

[25] 夜鶯(やおう)によせるオード

I

わが胸は痛く　微睡を迫る痺(しび)れがわが五感を
　　刺す、さながら　毒人参(どくにんじん)を煎じて飲み
もしくは　麻酔を致す阿片を幾何(いくばく)か　今しがた　残りなく
　　呷(の)りて　忘却の川へ向い沈み果てし如くに。
お前の幸ある命運(さだめ)を羨(うらや)み思う故にはあらで
　　お前の幸福(さきわい)に包まれ余りにも幸あるがため——
　　　　お前が、軽(かろ)やかに羽搏(はばた)く翼を持てる森の精よ、
　　　　　　楢(ぶな)の緑　深くして
　　数知れず蔭を重ねし　佳(よ)き音にひびかう処にありて、
　　　　暢(の)びやかに喉を張り夏を歌う　その幸福(さきわい)に。

II

おお　一杯(ひとつき)の葡萄(ぶどう)の酒をこそ、永の歳月(としつき)
　　深々と掘る大地に冷しおかれ、
味わいに、豊穣の女神　里曲(さとわ)の緑　鄙(ひな)の踊り
　　プロヴァンスの歌　陽灼けせる快活な歓びの顕(た)ちくるもの。

た自ずからの境に在るとの意識を強くしていることを、このやや説明的な2行が示している。しかもこの意識の裏にはかえって大いなる自然の律動に帰一せんとの切なる希いが動いている。夜鶯と詩人の 'easy' と 'uneasy' の対位が明らかに提示されるのである。　**II**　前連に示された対位をめぐり、詩人は更に霊妙な酒により現在の幸福感を高めその持続を希う。　**13　Flora**　ここでは豊穣の女神。

O for a beaker full of the warm South, 15
 Full of the true, the blushful Hippocrene,
  With beaded bubbles winking at the brim,
   And purple-stainèd mouth,
 That I might drink, and leave the world unseen,
  And with thee fade away into the forest
                                  dim— 20

             III

Fade far away, dissolve, and quite forget
 What thou among the leaves hast never known,
The weariness, the fever, and the fret
 Here, where men sit and hear each other groan;
Where palsy shakes a few, sad, last grey hairs, 25
 Where youth grows pale, and spectre-thin,
                             and dies;
  Where but to think is to be full of sorrow
   And leaden-eyed despairs;
 Where Beauty cannot keep her lustrous eyes,
  Or new Love pine at them beyond
                          to-morrow. 30

---

15 the warm South＝wine from the South. **16 Hippocrene** ヘリコーン山上の霊泉。その湧水は詩的霊感を与えると言われた。 **19-20** 夜鶯の無礙の体勢に帰一せんとの希いが抒べられるが、'the world' と 'the forest dim' の対立が苦の認識を喚起する。 **III 21-23** 'Fade', 'dissolve', 'forget' はいずれも前連の 'I might'(19)に続き、重ねて離反の希いを強めながらかえって忘却の対象たるべき此岸

[25] 夜鶯によせるオード　　　　　　　　　　151

おお　暖かき南国の酒を満々と酌む広口の瓶子をこそ、
　至醇にして紅深き霊泉より満々と溢れるばかりに、
　　玉なす泡はその縁にまたたき昇り
　　　注ぎ口は紫紅に染まりて。
　　わが口に含み　人目を忍び世を離り
　　　杳かな森の奥へ　お前と共に消え去り
　　　　　　　ゆくため──

　　　　　　III

はるばると消え去りゆき　溶け失せ　忘れ果てるため
　茂りあう葉蔭にありて　ついにお前の識らざる事
此岸に常の　憔悴　狂熱　焦躁を、
　ここ、人々が坐し互に苦悶の声を聞き交す処、
不随の身のまばらに残る悲しき終の白髪をうち顫わせ
　若者は蒼ざめて幽鬼と細り
　　　　　　　死にゆく処、
　　ただ思いを致すのみにて悲嘆に充ち
　　　鉛の目をなす絶望に満つる処、
　　美は耀くその目を保ちえず　その目を慕えど
　　新たな恋に　明日の日を越えては
　　　　　　　　　叶わぬ処に。

───────

性の凝視を促す。以下に抒べられる苦悩に満ちた流転の場がまさに 'Here'(24) なることを深く捉えると共に、キーツの 'sorrow', 'despair' が常に転機を設ける媒介であったことを想起すべきである。また、「静寂の洞窟」が 'Enter none/Who strive'([5](4)531-532) であることに照らせば、詩人が現に「杳かな森」に向う 'striving' の体勢にあることも意味深い。

IV

Away! away! for I will fly to thee,
    Not charioted by Bacchus and his pards,
But on the viewless wings of Poesy,
    Though the dull brain perplexes and retards.
Already with thee! tender is the night,   35
    And haply the Queen-Moon is on her throne,
        Clustered around by all her starry Fays;
            But here there is no light,
    Save what from heaven is with the breezes blown
        Through verdurous glooms and winding mossy ways.   40

V

I cannot see what flowers are at my feet,
    Nor what soft incense hangs upon the boughs,
But, in embalmèd darkness, guess each sweet
    Wherewith the seasonable month endows
The grass, the thicket, and the fruit-tree wild——   45

IV 31 Away! away! 第II連で求められた美酒に対し「去れ」と斥ける意との解もあるが、第II連より第III連にかけ抒べられた夜鶯と共に此岸世界の苦の相より離反せんとの希いを新たにし、夜鶯を促す句と解したい。詩人は酒に代り更に高次の詩的想像力の昂揚をえてひたすら夜鶯に近づこうとするが、その体勢は前連に顕となった此岸の実相と相俟ちあくまでも 'uneasy' 乃至 'striving' の延長にあるこ

[25] 夜鶯によせるオード　　153

IV

去りゆけ　去りゆけよ。吾は天翔けて追いゆかんと欲する故、
　　豹に曳かせて酒神の進める車駕にはよらで
目に見えぬ詩歌の翼を羽搏きつつ、
　　朦朧たる頭脳は惑い後れを取るといえども。
すでにお前の許にありては、夜はほのぼのと
　　月読は恐らくおのが玉座に登り
　　　綺羅星の精　悉く辺りに集い侍てあらん。
　　　されど　ここに光はない、
　　天上より　そよ吹く風と共に来り　滴る緑の
　　　　　　　　　　　　　　　　　　　薄明と
　　つづら折る苔生す径にさし入るものを
　　　　　　　　　　　　　　　　　措きては。

V

足下にはいかなる花か、枝々に咲き垂れて香炉をなし
　　仄かにかおる花は何かと　見分けはえず、
芳しき闇のただ中　美しきもののいちいちを推し量る
　　季節に順う月がおのずから恵みとして
叢を　茂る木立を　野生の果樹を飾る花々——

とに変りはない。　**35-40**　この6行を分つ 'But'(38)により、第Ⅰ連に示された夜鶯と詩人の境位の対立が改めて明らかになる。'Already with thee!'(35)は 'to thee'(31)ではなく此岸世界を意味する 'here'(38)に対応する。しかも「ここに光はない」との断言に続く末尾2行に聴きとれる微かな諦念の調は詩人の 'striving' の解消の近いことを暗示している。　**V**　「芳しき闇」に包まれ、詩人は光乏し

White hawthorn, and the pastoral eglantine;
  Fast fading violets covered up in leaves;
    And mid-May's eldest child,
The coming musk-rose, full of dewy wine,
  The murmurous haunt of flies on summer eves. 50

VI

Darkling I listen; and, for many a time
  I have been half in love with easeful Death,
Called him soft names in many a musèd rhyme,
  To take into the air my quiet breath;
Now more than ever seems it rich to die, 55
  To cease upon the midnight with no pain,
    While thou art pouring forth thy soul abroad
      In such an ecstasy!
    Still wouldst thou sing, and I have ears
                      in vain——
      To thy high requiem become a sod. 60

VII

Thou wast not born for death, immortal Bird!

き径に就くが、この 'embalmèd darkness' は大地の内奥への降下を暗示している。この闇を介し詩人の内と外が流通し、まことに意味深く、夜鶯に追随することを詩人はもはや希わない。詩人の 'striving' が崩壊し、前連末尾の実相を受容する体勢が開くのである。 **VI 51-58** ひたすら近づこうとする時に遠のいたものが、'listen' という受容の体勢に降り注ぐ。生が自ずから全擁の境にたゆたう時、意味深く

[25] 夜鶯によせるオード   155

ま白き山査子　牧歌を彩る野茨
　葉蔭に隠ろいいちはやくあせゆく菫
　　五月の盛り　先がけて生れ
咲き初める麝香薔薇　満々と甘露を湛え
　夏の夕　寄り集う羽虫の翅の音のこもるその花。

　　VI

暗がりに耳を欹て吾は佇つ。あまたたび
　安らかな死を　心はなかば恋しみて
胸懐を抒べる数多の詩作に　優しき名により呼びかけては
　平静なるこの息を虚空に奪いゆけよと希い来しかど
今こそ　死はかつてなきまでに豊けく思いなされる
　苦痛を何ら伴わず深夜に命終るその事は、
　　かくも恍惚と　心のたけを　あまねく亘り
　　　お前が吐露するその間に。
　常に変らずお前は歌いつぎゆかん　而もわが耳は
　　　　　　　　　　　　あれども虚しく——
　　その鎮魂の高き調に　この身は芝生うる一塊の土に帰りて。

　　VII

死すべく生れつきしにはあらず　お前　不滅の鳥よ、

'easeful Death' が回帰する。死が今こそ 'rich' と思われる所以はこのとき生が最高の充実に迫っているからに他ならない。'Death is Life's high meed.' と抒べたソネットが併せて念頭される。 **59-60** 死後の想念が夜鶯と詩人の夫々属する世界の対位を改めて喚起し、移ろいの意識が切実に響き、'easeful Death' をめぐる昂揚より沈下に向うゆらぎがかえって強く次連への高まりを促し、詩人は強力に夜鶯

No hungry generations tread thee down;
The voice I hear this passing night was heard
　In ancient days by emperor and clown:
Perhaps the self-same song that found a path
　Through the sad heart of Ruth, when, sick for home,
　　She stood in tears amid the alien corn;
　　　The same that oft-times hath
　　Charmed magic casements, opening on the foam
　　Of perilous seas, in faery lands forlorn.

　　　　VIII

Forlorn! the very word is like a bell
　To toll me back from thee to my sole self!
Adieu! the fancy cannot cheat so well
　As she is famed to do, deceiving elf.
Adieu! adieu! thy plaintive anthem fades
　Past the near meadows, over the still stream,
　　Up the hill-side; and now 'tis buried deep
　　In the next valley-glades:
　Was it a vision, or a waking

の不滅性を歌いあげるが、その推移は極めて劇的な起伏を秘めている。　**VII**　ここに抒べられる往時の相は、ギリシャの壺とその表に刻まれた形象の場合と同じく、相寄って地上の生のあらゆる営為を象徴し、この時、夜鶯の囀りは時処の隔てを超え此岸世界の一切相を包む全攝のヴィジョンに高まり、詩人に対するのである。深思すべきは、先に夜鶯に追随し地上の惨苦より離反せんとした希いがかえって此岸

[25] 夜鶯によせるオード

　　ひもじく痩せしいかなる世代もお前を踏みにじりはせぬ。
すぎゆく今宵耳に通うその声は　その昔の日々
　　帝王と道化の耳に通いしもの、
恐らく　それは同じ一つのもの　わけ入りて
　　ルツの悲しき心に透りゆきしかの歌と、望郷の
　　　　　　　　　　　　　　　　　　情に萎え
　　　涙にくれ　異国の畠中に立ちつくしたるその時に、
　　　　げに　同じ一つのものぞ　あまたたび
　妖しき魔法の窓を魅了せしかの歌と　危き海の泡立つ潮を
　　　彼方に望みうち開くその窓を　荒寥たる仙境にして。

　　　　VIII
荒寥たる、まさしくその一言は鐘声のごと
　　お前に背き本来のわが身に吾を呼び返す。
いざさらば　幻想は噂に高き程に
　　巧みに欺きはえず　偽りの精よ。
いざさらば、さらば、愁いをおびしお前の歌がうすれゆく
　　まぢかの牧場を過ぎ　静かなる小川を渡り
　　丘辺を越えて。今ははや深く埋れて
　　　続く峡の木立の間に。
　現なの幻か　醒めたる目に映りし夢か。かの調は

───────
の実相に正対するに至る経緯であり、詩人のうち開いた体勢がこのヴィジョンの奥底に何を観じたかということである。　**64 emperor and clown**　clown＝peasant と解してもよいが、シェイクスピアに対するキーツの敬仰を思えば、リア王と道化が念頭される。　**66 Ruth**　旧約聖書の「ルツ記」の女主人公。　**VIII**　最高潮に達した前連末尾の 'forlorn' が冒頭に繰返され、このオードは一気に結末に向

                              dream?
        Fled is that music——Do I wake or sleep?   80

い収束する。その急激な動向は、詩想の展開に伴い第Ⅰ連より継起した劇的推移を集約し、この最終連に此岸性に復帰する清爽な覚醒の予感を呼び入れる。中絶した『ハイピリオン』の主題がその後の此岸性をめぐる省察と相俟ち 'great odes' の制作に重きをなしている点に留意し、あくまでも夜鶯に追随せんとの体勢を転じ 'embalmèd darkness' の境に放下した詩人の任運の体勢が、'easeful Death' を

　　　　　　　　　　　　　　　消え失せ——
知らず　この身の目覚めてあるか　はた　眠りの
　　　　　　　　　　　　　　さ中なるかを。

「夜鶯によせるオード」の原稿

介し顕現した夜鶯の囀りの全擅のヴィジョンを『ハイピリオン』のアポロの場合に等しい転身の契機とし、大地の意義に開展するに到る経緯に想到すれば、'Do I wake or sleep?' という結句の目覚めと眠りとの未だ渾然たる境位に、新たに此岸の実相に正対する爽やかな観る目の胎動が予感される。[21]以後の詩作を 'a more peaceable and healthy spirit' を以てするとの抱負も想起されて然るべきであろう。

[26]　Ode on Melancholy

I

No, no, go not to Lethe, neither twist
　　Wolf's-bane, tight-rooted, for its poisonous
　　　　　　　　　　　　　　　　　wine :
Nor suffer thy pale forehead to be kissed
　　By nightshade, ruby grape of Proserpine ;
Make not your rosary of yew-berries,　　　　　　　　5
　　Nor let the beetle, nor the death-moth be
　　　　Your mournful Psyche, nor the downy owl
A partner in your sorrow's mysteries ;
　　For shade to shade will come too drowsily,
　　　　And drown the wakeful anguish of the soul.　10

II

But when the melancholy fit shall fall
　　Sudden from heaven like a weeping cloud,
That fosters the droop-headed flowers all,

---

[26]　1819年5月、相次いで制作された 'great odes' の1篇。**I** 憂愁は徒に求めてもかえって得られぬことを示す。ここで斥けられるイメジはすべて気分的な仮構の愁いを表しているが、これを求める 'striving' は間接に苦の回避に通じ「悲哀の秘儀」に適わぬであろう。　3　**suffer**＝permit.　5　**yew-berries**　いちいは墓地に植えられることが多い。　6　**beetle**＝death-watch beetle. [J. B.] (cf.[5](4)

[26]　憂愁のオード

I

否、否、忘却の河にゆくこと勿れ、また　固く根づきし
　　とりかぶとを搾りて　毒ある酒を求むる

　　　　　　　　　　　　　　　　　　　　　　　勿れ、
蒼ざめし汝が額を　いぬほおずき　冥府の女王の
　　珠なす真紅の実の触れるに任せてはならぬ。
いちいの果もて祈りの数珠を作らず
　　死の刻を打つ甲虫も髑髏の紋様おびたる蛾をも
うらなげく心の徴とせず　羽毛柔らかき梟を
おのが悲哀の秘儀に与らせずにあれ。
　　影なす象は相次ぎ来り　眠りに誘うこと余りに深く
　　魂の醒めたる苦悶を溺れて逝かしめよう程に。

II

されども　まさかに憂愁の発作がおこり
　　頭を垂れしあらゆる花を育み
緑の丘を四月のかすむ帷に覆う

---

531).　7　**Psyche**＝soul.　II　待つ体勢の暗示。憂愁の訪れに対し
全的に応じうる readiness は「悲哀の歌」([5](3))の転機に照応する。

> And hides the green hill in an April shroud;
> Then glut thy sorrow on a morning rose, 15
> Or on the rainbow of the salt sand-wave,
>   Or on the wealth of globèd peonies;
> Or if thy mistress some rich anger shows,
> Emprison her soft hand, and let her rave,
>   And feed deep, deep upon her peerless eyes. 20
>
> ### III
>
> She dwells with Beauty——Beauty that must die;
> And Joy, whose hand is ever at his lips
> Bidding adieu; and aching Pleasure nigh,
> Turning to poison while the bee-mouth sips:
> Ay, in the very temple of Delight 25
> Veiled Melancholy has her sovran shrine,
>   Though seen of none save him whose strenuous tongue
> Can burst Joy's grape against his palate fine;
> His soul shall taste the sadness of her might,
> And be among her cloudy trophies hung. 30

III 流転の歎きを痛切ならしめる 'Beauty', 'Joy', 'Pleasure' と伴なる憂愁は「悦楽の宮」に鎮まる覆面の女神であり、このいわば大地の神に対面の叶う者は「勁き舌」により進んで「喜悦の葡萄」を砕きうる者のみであるとの動機は第II連の深い展開をなし、喜悦に伴う必然としての無常相への動き信順が「悲哀の秘儀」の行われる場となることを意味している。この受苦の体勢は『ハイピリオンの没落』で女神

[26] 憂愁のオード

　　しとどなる雲の如く　突如と天降(あも)りくる
　その時には　おのが悲哀を味わい尽せ　朝(あした)の薔薇(ばら)
　　　虹とかがようしおはゆき砂丘のうねり
　　　　玉(いと)と咲く牡丹(ぼたん)のゆたけさを偲(ひと)ぶ愁いを。
　はた　愛しき女の何事か満腔の瞋恚(しんい)を顕(あらわ)にするならば
　　　その柔らかき手を取抑え　抗(あらが)い悶(もだ)えるそのままに
　　　　類(たぐい)なきその目(まなこ)を深く深くむさぼるがよい。

　　　　Ⅲ

かの女神は美と伴にあり――必ずや滅び去る美と。
　　また　絶えず唇に手を触れて別れを告げる
喜悦と伴に。また　苦痛を迫る歓楽に近々と
　　蜜蜂の甘しと吸う間に毒に転ずる　その歓楽に。
然(しか)り、まさしく悦楽の宮居(みやい)にいまし
　　面(おもて)を覆いし憂愁は至高の御社(みやしろ)に神しずまる、
　　　誰人の目にも見え分かねども　勁(つよ)き
　　　　　　　　　　　　　　　　　　　　舌もて
　　喜悦の葡萄(ぶどう)を味に精(くわ)しき口に当て砕きうる者を措いては。
その者の魂こそ　女神の力の悲の相に味到して
　　女神の意(こころ)に適(かな)う雲居(くもい)の空の賞牌(かん)の間に懸けられよう。

────────

モネータに対面する詩人の試煉の前駆をなす。かくして選ばれた者の
「魂」は、万有を貫く憂愁の力に内在する「悲の相」に味到し、女神の
意に適う高遠な 'trophies' の間に伍して寵を受けるであろう。滅び
の味を進んで嚙みしめる者こそ移ろいの一点に凝る美の光を捉え大地
に意義を加えることが出来る。ここには、此岸性に徹するキーツの悲
劇的心情が見事な詞藻と声調により虹の如き弧を懸けている観がある。

[27]   Ode on Indolence
   They toil not, neither do they spin

I

One morn before me were three figures seen,
  With bowèd necks, and joinèd hands, side-faced ;
And one behind the other stepped serene,
  In placid sandals, and in white robes graced ;
They passed, like figures on a marble urn,   5
  When shifted round to see the other side ;
    They came again ; as when the urn once more
Is shifted round, the first seen shades return ;
  And they were strange to me, as may betide
    With vases, to one deep in Phidian lore.   10

II

How is it, Shadows ! that I knew ye not ?
  How came ye muffled in so hush a masque ?
Was it a silent deep-disguisèd plot

---

[27] 1819 年 5 月の作と考えられる。キーツがこのオードを 1820 年刊行の詩集に入れなかったのは、時を同じくして成った 'great odes' に劣ると見たからであろう。なお、この作の素材として、弟夫妻宛 Journal-letter C の 3 月 19 日の 'This morning I am in a sort of temper indolent and supremely careless : ... Neither Poetry, nor Ambition, nor Love have any alertness of countenance as they

[27] 怠惰のオード
「野の百合は労せず、紡がず」

I

とある朝　わがまなかいに三人の者の姿を視たり、
　　項を垂れ　手を組み　横ざまに顔をそむけて。
足どりしずしずと　相前後し
　　秘めやかに革鞋を踏み　ま白き長衣を優雅にまとい。
彼らは過りてゆけり　大理石の壺に物せる彫像のゆくに似て、
　　裏側を見るべく壺を廻らす　その折に。
　　再び彼らは来りぬ、かの壺をいま一度
廻らせば　はじめに見えし影像の戻りくるごと。
　　而も　彼らは吾が見も識らぬ者ども、瓶の飾りに際しては
　　　フィディアスの作に精しき人とて　さもあろう程に。

II

幻影の者どもよ、いかにして汝らに見覚えなかりしか。
　　かくも黙し仮面劇を装い来れる　その仔細はいかに。
そは　深々と偽装せる無言の謀計なりしか

---

pass by me: they seem rather like three figures on a greek vase——a Man and two women whom no one but myself could distinguish in their disguisement.' という記事が参考となる。モットーは「マタイ伝」の 'Consider the lilies of the field, how they grow; they toil not, neither do they spin.' より。　**9**　**betide**＝happen to, befall.　**10**　**Phidian**　Phidias は紀元前5世紀のギリシャの彫刻家。

To steal away, and leave without a task
My idle days? Ripe was the drowsy hour;
　The blissful cloud of summer-indolence
　　Benumbed my eyes; my pulse grew less
　　　　　　　　　　　　　　and less;
Pain had no sting, and pleasure's wreath no
　　　　　　　　　　　　　　flower:
　O, why did ye not melt, and leave my sense
　　Unhaunted quite of all but——nothingness?

III

A third time passed they by, and, passing, turned
　Each one the face a moment whiles to me;
Then faded, and to follow them I burned
　And ached for wings because I knew the three;
The first was a fair Maid, and Love her name;
　The second was Ambition, pale of cheek,
　　And ever watchful with fatiguèd eye;
The last, whom I love more, the more of blame
　Is heaped upon her, maiden most unmeek——
　　I knew to be my demon Poesy.

---

18 前記書簡の '...pleasure has no show of enticement and pain no unbearable frown.' が参照される。　**20** **of**＝by.

[27] 怠惰のオード

　　怠惰に過ぎゆくわが日々を密かに奪い　何らの甲斐なく
その暇をゆかしめようとの。まどろみの刻は熟れてありしに、
　　夏の懈怠をおびる至福の雲は　痺れもて
　　　わが目を覆い、わが脈搏はいよいよ細く
　　　　　　　　　　　　　　　　　　　　　　微かに、
苦痛に鋭き刺はなく　快楽の編む環に花の耀きは
　　　　　　　　　　　　　　　　　　あらずして。
　　おお　汝ら、消え失せて　つきまとうあらゆる物より
　　　わが感応を解放せざりしは何故――全き無のみは措きし儘。

III

傍らを過てゆくこと三度に及び、道すがら　かの者ども
　　おのおの　一瞬　顔面をわが方へ傾け消えゆきしが
かの時　吾は後追わんとの熱き情に駆られ
　　翼を得たしと切に希えり、三人の者の素性の識れたる故に。
先頭は美しき処女にして　その名は恋、
　　次なるは大望　頬は蒼ざめ
　　　疲れ果てし目を強いて　絶えざる見張に怠りなき者、
末尾には　両者に優りて愛しき者　誰よりも
　　不覊なればこそ　こうむる非難のいや増す処女――
　　　わが身に憑依する　詩歌の魔と識れた。

IV

They faded, and, forsooth! I wanted wings.
　O folly! What is love! and where is it?
And, for that poor Ambition——it springs
　From a man's little heart's short fever-fit.
For Poesy!——no, she has not a joy——　　　　　35
　At least for me——so sweet as drowsy noons,
　　And evenings steeped in honeyed indolence.
O, for an age so sheltered from annoy,
　That I may never know how change the moons,
　　Or hear the voice of busy common-sense!　　40

V

A third time came they by——alas! wherefore?
　My sleep had been embroidered with dim
　　　　　　　　　　　　　　　　　dreams;
My soul had been a lawn besprinkled o'er
　With flowers, and stirring shades, and baffled
　　　　　　　　　　　　　　　　　beams:
The morn was clouded, but no shower fell,　　45

---

31 forsooth＝truly. **33, 35 for**＝as for. **42-48** 障礙(しょうげ)を絶ち深く開いた体勢を介し、内と外とが渾然と流通し一如となる高い自然の境が現成する。キーツの 'indolence' が常に放下無心の境地を意味すると共に潜勢を集め転機を設ける場でもあることに思いを致すべきである。 **44 baffled beams** 遮られた光線とは「木洩日」のこと。beam＝sunbeam.

IV

彼らは消え失せ、まことに、吾は翼を欲せり。
　　ああ　愚かなる哉。恋とは何ぞや、して　何処にありや。
また　哀れむべきかの大望といえば――卑小なる
　　人の心の狂熱に駆られし瞬時の発作に生ずるもの。
詩歌はいかに――否、かの女の許に歓びはない――
　　少くともわが身には――微睡を促す真昼刻の、蜜の甘味を
　　　　湛えたる懈怠に浸る夕暮刻の、快感に優る歓びは。
おお　心労を退け保たれる安らぎの時代こそ希わしい、
　　満ち欠ける月の変化の如何も識らず
　　　　忙しなく立ち入る世知の声を聞くこともなき程に。

V

彼らの来れること三度に及びしが――あわれ、その故はいかに。
　　わが眠りは朧にかすむ夢の飾りを
わが魂は　種々の花　揺らぐ日翳　木の間洩る光の
　　一面に散らばり覆う芝生をなして
　　　　　　　　　　　　　ありしものを。
朝けの空は曇りしが　俄に雨降るには到らず

Though in her lids hung the sweet tears of May;
　　The open casement pressed a new-leaved vine,
Let in the budding warmth and throstle's lay;
O Shadows! 'twas a time to bid farewell!
　　Upon your skirts had fallen no tears of mine.　50

　　　　VI

So, ye three Ghosts, adieu! Ye cannot raise
　　My head cool-bedded in the flowery grass;
For I would not be dieted with praise,
　　A pet-lamb in a sentimental farce!
Fade softly from my eyes, and be once more　55
　　In masque-like figures on the dreamy urn.
　　　Farewell! I yet have visions for the night,
And for the day faint visions there is store.
　　　Vanish, ye Phantoms! from my idle sprite,
　　Into the clouds, and never more return!　60

53-54 1819年6月9日ジェフリー宛書簡の 'I hope I am a little more of a Philosopher than I was, consequently a little less of a versifying Pet-lamb.' という言葉が参照される。 **57-58** 前記 Journal-letter C の3月19日の項は、この作の素材と見做される記事に続き、友人の父の訃報に接し 'straining at particles of light in the midst of a great darkness' という自覚の下に此岸世界の現実に対す

朝の瞼に五月の美しき涙は露なしてしとどに結びありしも。
　　開け放つ窓は新緑の葡萄の枝ぶりを押し戻し
　草木の萌えを促す温暖の気と共に鶫の歌を迎え入れたり。
おお　幻影の者どもよ、まさしく別れを告ぐべき機なりしに、
　　汝らの裳裾にわが涙の落つること絶えてなく。

VI

されば、汝ら三体の霊異の者どもよ、いざさらば。汝らには
　　叶うまじ、花咲く草生に涼しく憩うわが頭を起すことは。
吾は感傷過剰の狂言芝居に登場し持て囃される仔羊なりと
　　もはら褒めそやす言辞もて飼われることなど望まぬ故に。
　静かにわが目を離り失せゆきて　いま一度　夢に顕つ壺に
　　彫られし像に帰れ、仮面劇をさながらの装いなして。
　　　いざ　さらば。吾にはなお夜のため幻に視る象があり
昼のために幻に視る幽かな象の蓄えがあるものを。
　　失せよ、汝ら幻杳なる者ども、わが怠惰なる心霊より
　　雲のさ中へ、而して　二度と再び戻りくること勿れ。

る高い観相をめぐる省察を述べ、末尾に注目すべきソネット[18]を転記している。ここに窺われるキーツの内的動向は、これら 'visions' の考察に資する事項として熟考に値しよう。　**59-60**　これら三体の幻影を拒否する烈しい語気と、'Verse', 'Fame', 'Beauty' を措き 'Death is Life's high meed' との諦観を抒べる上記ソネットの末尾2行に徹る重厚強勁の声調に、幾何かの相呼応する趣が認められる。

[28]　To Autumn

I

Season of mists and mellow fruitfulness,
　　Close bosom-friend of the maturing sun,
Conspiring with him how to load and bless
　　With fruit the vines that round the
　　　　　　　　　thatch-eves run;
To bend with apples the mossed cottage-trees,　　5
　　And fill all fruit with ripeness to the core;
　　　To swell the gourd, and plump the hazel shells
　　With a sweet kernel; to set budding more,
And still more, later flowers for the bees,
Until they think warm days will never cease,　　10
　　　For Summer has o'er-brimmed their clammy
　　　　　　　　　　　　　　　　cells.

II

Who hath not seen thee oft amid thy

---

[28]　1819 年 9 月の作。同年 5 月に相次いで成った 'great odes' に伍し完璧の作と讃えられる。　**I**　この作の「起」に当る。直接、間接に成熟に関わる多数の語句が重層し渦動の趣をなしつつ、成熟を促し恵む秋をその ripen という力の根柢において頌める。　**4　eves**＝eaves.　**II**　「承」の部をなし、秋の働きを受ける側に視点を移し、地上の営為がこの深く開いた季節に自ずから相即し成熟への静かな行程

[28] 秋　に

I

狭霧(さぎり)とまどかな実りの季節よ、
　　純熟を促す太陽の心からなる親しき友、
その友と力を合せ企む季節　どのようにして
　　藁葺(わらぶき)の軒端を廻(めぐ)る葡萄(ぶどう)をたわわな
　　　　　　　　　　　　　房で祝おうか、
鄙(ひな)の家居(いえい)の苔生(こけむ)す樹々を林檎(りんご)の重みでたわめ
　　すべての果実を芯の奥まで熟れさせようか、
　　　瓢(ふくべ)をまろやかに太らせ　甘い仁(さね)で
　　　榛(はしばみ)の果(み)をふくらまそうか、蜜蜂のため
遅咲きの花の蕾(つぼみ)をなおも多く　いよよますます綻ばそうかと、
蜂どもが暖かい日々のついに終ることがないと思うまで
　　ねとつく蜂窩(ほうか)の隅々を溢(あふ)れる蜜で夏が満たしている
　　　　　　　　　　　　　　　　　　のだからと。

II

誰が見かけずにいよう　幾度(いくたび)もお前の姿を　その収穫の

を進める諸相に秘められた受容の体勢を抒べる。ギリシャの壺、夜鶯(やおう)の囀りが万有を映した包むものとして捉えられた如く、ここでは秋の全擁の相が地上の営為のこれに対応する readiness の相において捉えられる。冒頭の１行に秋の働きが天地を満たし拡がっていることの暗示があるが、包むものとしての秋と包まれるものとしての個々の自然とが深い交感の果に一元となる、その一点にキーツは秋そのものの

store?
Sometimes whoever seeks abroad may find
Thee sitting careless on a granary floor,
    Thy hair soft-lifted by the winnowing wind;
Or on a half-reaped furrow sound asleep,
    Drowsed with the fume of poppies, while thy hook
      Spares the next swath and all its twinèd flowers;
And sometimes like a gleaner thou dost keep
    Steady thy laden head across a brook;
    Or by a cider-press, with patient look,
      Thou watchest the last oozings hours by hours.

III

Where are the songs of Spring? Ay, where are they?
    Think not of them, thou hast thy music too——
While barrèd clouds bloom the soft-dying day,
    And touch the stubble-plains with rosy hue:

顕れを捉え、さりげなく巧みに擬人して歌い継ぐ。 **14 careless** 一切の障礙を捨離した生の全開の相を指す。 **16 sound asleep** 殆ど時が停止するかの如き秋の静かな高まりに応える地上の物の成熟を極めた深い安らぎの暗示。 **19-20** 落穂を収めた籠を頭上にのせ橋を渡る農婦と解されているが、たわわな実りをつけ小川の上に傾いだ枝ぶりに秋が落穂を拾う姿をそのままに宿っているとすることも出来る

　　　　　　　　　　　　　　　　　　　　ただ中に。
　立ち出でて尋めゆく者は　誰しも見出す折があろう、
放念してお前が納屋の床に坐りこみ
　脱穀を煽る風に髪を仄かに靡かせているのを。
または　罌粟の匂いに痴れ　瞼を重く
　刈取る田の中程に眠りこけているのを、お前の
　　　　　　　　　　　　　　　　　　　　　　鎌は
　　　　次の束をからみつく花もろ共
　　　　　　　　刈残したまま。
また時として　落穂拾いの姿をさながらに　揺ぎなく
　実りを戴く頭をお前は小川の上にさし懸け、
　　もしくは　林檎の酒を搾る傍らに佇ち辛抱強く
　　　滴る雫の絶えるのを幾刻も幾刻も見つめ
　　　　　　　　　　　　　　　　　続ける。

　　　III
春の歌は何処に、まこと　何処に
　　　　　　　　あるのか。
　その歌を思うはやめよ、お前にも固有の調があるものを——
条曳く雲がほのぼのと寂滅に入る一日を彩り
　刈株の残る田畑を薔薇色に染める頃おい、

――――――――――

であろう。その 'laden head' は秋の力に応ずる readiness の成果であり、そこに秋そのものの顕れを観るのである。　**21-22**　この 'patient look' には readiness を介して成る運命の充足という動機が集約されている。キーツは静の詩人と言われるが、その静は常に動と相接し深い緊張に揺らいでいる。その静まりの奥に 'in the van of circumstance' への気運が潜み動いていることを看過してはならな

Then in a wailful choir the small gnats mourn
　Among the river sallows, borne aloft
　　Or sinking as the light wind lives or dies ;
And full-grown lambs loud bleat from hilly bourn ; 30
　Hedge-crickets sing ; and now with treble soft
The red-breast whistles from a garden-croft ;
　　And gathering swallows twitter in the skies.

───────
い。　**III　23-24**　現在に対する凝視と受容の体勢を暗示するこの2行は見事な「転」の効果を担う。　**25-33**　この詩篇の「結」をなす。キーツがここに挙げる秋の歌は地上の物が成熟の果に揺落の定めに堪え必然の弧を描いて転身の緒に就く時に奏でられる。歌われるのはいずれも彼等の現在でありながら、耳を澄ませば、そこには過去の集積を極めた訣別の必然が徹り、「寂滅に入る一日」の耀きに応えている。

[28] 秋に

うらわびる合唱隊をなし　微(かす)かな羽虫の歎きはおこる、
　　川辺の柳の間(あわい)に　そよ吹く風の立ちまた止(や)むにつれ
　　　　高々とはこばれ　また低く沈みつつ。
まるまると肥えた仔羊は丘の際(きわ)より高らかに声あげ、
　　籬(まがき)のこおろぎは歌い、今や優しく透る高音(たかね)に
　　　　胸紅き駒鳥は囲いを廻(めぐ)らす庭より啼(な)き出(い)で、
　　　　　　つばくろは大空に群れ集(つど)い囀(さえず)りわたる。

'Negative Capability' を枢軸とする受容と肯定の果に、別れと旅立ちが一如に流通し、充足を経た没落は深い回帰の祝祭に適う。特に最終行がこの詩篇を余韻をもって閉じながら、同時に広大な地平を呼び入れるまでに開いた暗示を与えている点は仮そめではない。キーツのシェイクスピア体験に即し、ここに『リア王』の 'Ripeness is all.' (V. ii.) を念頭してもよいであろう。

[29]　*From* The Fall of Hyperion
　　　I. 1-310.

Fanatics have their dreams, wherewith they weave
A paradise for a sect; the savage too
From forth the loftiest fashion of his sleep
Guesses at Heaven : pity these have not
Traced upon vellum or wild Indian leaf　　　　　　　　5
The shadows of melodious utterance.
But bare of laurel they live, dream, and die;
For Poesy alone can tell her dreams,
With the fine spell of words alone can save
Imagination from the sable charm　　　　　　　　　　10
And dumb enchantment. Who alive can say,
'Thou art no Poet——mayst not tell thy dreams'?
Since every man whose soul is not a clod
Hath visions, and would speak, if he had loved,
And been well nurtured in his mother tongue.　　　　15
Whether the dream now purposed to rehearse

---

[29]　先に中絶された『ハイピリオン』の改稿。1819 年 7 月に着手され、9 月に中断 (9 月 21 日レノルズ宛)。その後 11 月より 12 月にかけ改稿が続けられたとの Ch. ブラウンの言葉があるが、未完に了る。新たに構想された冒頭の部分は、従来の諸作と随処に照応し告白的な性格を帯びるところから、恰もキーツの「この人を見よ」の観を呈している。　**3　From...sleep**=Out of his noblest dreams. [M. A.]

[29] 『ハイピリオンの没落』より
第1曲（第1-310行）

狂信者も夢想を懐（いだ）き　それにより宗派に適（かな）う
楽園を編み出す。野蛮人もまた
その至高の眠りの境より発して
天上を忖度（そんたく）する。惜しむらくは　これらの者
　犢（こうし）の皮紙にも印度（インド）に野生の貝葉にも辿り遺してはいない
　調（しらべ）高く語られた言挙げの名残の跡を、幽（かす）かなりとも。
遺さず　桂冠（はまれ）の誉をえず、彼らは生き　夢に視　死にゆく。
独り詩歌のみ　おのが夢を語ることが出来
言霊（ことだま）のすぐれた力によってのみ　想像を
幽暗（ほのぐら）き呪縛　物言えぬ憑依（ひょうい）の状より
救うことが出来るのだから。生きて在る誰が言いえよう
「汝は詩人にあらず——汝の夢を語りはえまい」と。
なぜなら　その魂の土塊（どかい）にあらざる者はすべて
幻視を識（し）り　語ろうと希（ねが）うもの、母国の言葉を
　愛（いと）しみ　滋養としてよく身に受けてあるならば。
今ここに語ろうとする夢の　果して

'fashion' carries the sense of 'fashionings', hence suggests invention, imagination. [J. B.]　**4　pity**＝it is a pity that ...　**5　Indian leaf** 多羅樹（椰子の木の一種）の葉。貝多羅葉。インドでは文書や手紙を書く際に紙の代りに用いられた。仏教経典も初期にはこれに書写されたものが流布され、やがて紙本となっていった。貝葉、多羅葉とも略称する。　**7　laurel**「月桂冠」。月桂樹の葉は栄誉の徴。　**16　the**

Be Poet's or Fanatic's will be known
When this warm scribe my hand is in the grave.

  Methought I stood where trees of every clime,
Palm, myrtle, oak, and sycamore, and beech,   20
With plantain, and spice-blossoms, made
                        a screen——
In neighbourhood of fountains, by the noise
Soft-showering in mine ears, and, by the touch
Of scent, not far from roses. Turning round,
I saw an arbour with a drooping roof   25
Of trellis vines, and bells, and larger blooms,
Like floral censers, swinging light in air;
Before its wreathèd doorway, on a mound
Of moss, was spread a feast of summer fruits,
Which, nearer seen, seemed refuse of a meal   30
By angel tasted, or our Mother Eve;
For empty shells were scattered on the grass,
And grape-stalks but half bare, and remnants more,
Sweet-smelling, whose pure kinds I could not
                              know.

---

dream 19以下を指す。なお、この作にはA Dream という副題が付されている。キーツの従前の諸作に於て、夢は一方では此岸の現実を忘却せしめる危険を孕むと共に何らかの予感ないし啓示を与えるヴィジョンであり、他方地上の者を此岸性という必然に全面的に向けかえるという重大な契機を秘めていた。絶望の関門を隔てて夢に対応する「静寂の洞窟」が 'dying into life' の母胎であることは言うまでもな

[29]『ハイピリオンの没落』より

詩人のものか　狂信者のものか　それはこの肌温かな書記
私のこの手が葬られた暁にこそ知られよう。

　　私が立っていると覚えたのは　あらゆる風土の樹々、
椰子　天人花　樫　それに楓また橅が
芭蕉や香の高い花々と共に　屏風を
　　　　　　なした処——
耳に通う　幽かに降りしぶく音により
噴水に程近く　身に触れてくる芳香により
薔薇の花々より遠からぬ辺りと知られた。首を廻らせば
一の四阿が認められ　深く垂れた屋根は
格子にからむ葡萄の木と　軽やかにさながら花の香炉と
風に揺らぐ　鈴なす花や一際大輪の花々で出来たもの。
花環に飾るその門の前方　苔生して
小高き処に　饗応の夏の果物が展べ置かれ
近より見れば　天使か　吾らが太母イヴの
味わい余した残りかと思われた。
草生には　空の果皮や実の半ば摘まれたばかりの葡萄の房
なお多くの甘く薫る残り物　その生粋の種別の
見極めがたきまま　散乱していたから
　　　　　　　　　である。

――――――――――
い。この作品は「一つの夢」という副題により、従来の諸作に窺われた動機を極めて複雑に展開しようとする意図を示している。即ち、この夢に登場する人物はハイピリオン没落のヴィジョンを観るまでに一の眠りを通過せねばならず、そのヴィジョンがこの人物の覚醒をめぐり展開すべきことは前作により容易に推測される所であり、しかもこの作全体が一の大きな夢として語り手の究極の目覚め、真の詩人への

Still was more plenty than the fabled horn 35
Thrice emptied could pour forth at banqueting
For Proserpine returned to her own fields,
Where the white heifers low. And appetite
More yearning than on earth I ever felt
Growing within, I ate deliciously; 40
And, after not long, thirsted, for thereby
Stood a cool vessel of transparent juice,
Sipped by the wandered bee, the which I took,
And, pledging all the mortals of the world,
And all the dead whose names are in our lips, 45
Drank. That full draught is parent of my theme.
No Asian poppy, nor elixir fine
Of the soon-fading jealous Caliphat;
No poison gendered in close monkish cell,
To thin the scarlet conclave of old men, 50
Could so have rapt unwilling life away.
Among the fragrant husks and berries crushed,
Upon the grass I struggled hard against
The domineering potion; but in vain——
The cloudy swoon came on, and down I sunk, 55

転身を暗示している。夢は幾重にも層を成してこの作を覆い、様々な角度より詩人の 'Soul-making' に関わる如く構想されたと考えられる。 **35 the fabled horn**＝cornucopia. いわゆる「豊饒の角」。 **37 Proserpine** 冥界の王プルートーにさらわれ后とされるが、ジュピターのはからいで一年の半ばを地上で過すことが許される。 **44-46** この 'all the mortals' と 'all the dead' に捧げる乾盃の意義は深思

その豊けさは　若き牝の白牛の啼く家郷の野に
立ち帰るプロセルピナを迎え　伝承に名高い角の
宴の席に三度注ぎ尽して設けたものに
なお遥かに勝るものであった。地上では絶えて
覚えたためしのなき程に　激しい食欲の
つのるに任せ　その美しきを賞で味わい
程なく喉の渇きを覚えて、それも傍らに
空をさすらう蜜蜂の口つけてゆく　すき透る
果汁を湛えた涼やかな器があったればこそ、そを手にとり
この世のあらゆる現身の人々　またその名の
人の口に上るあらゆる死者たちに捧げつつ
飲み干した。満々と酌むその一杯こそわが主題の親である。
アジアのいかなる罌粟も　油断なきカリフを
速やかに昏睡させる霊妙の秘薬も、
人目を忍ぶ僧房で調合され　緋衣を纏う老卿よりなる
教皇選出の人員を減らそうとの毒薬も、
抗う生をこれ程までに奪い去りはえなかったであろう。
潰され薫り立つ堅果や漿果にまじりあい
草生の上で　飲み干したその一杯の圧倒する効力に
烈しく刃向いもがいたものの、甲斐もなく——
朦朧たる失神が襲い来り　私はうち倒れた、

に値する。更に、この乾盃が 'parent of my theme' とされる所以は、これを契機とする詩人の眠りがいかなる意味を有するかに想到すれば、自ずから明らかであろう。この眠りを通して展開追尋されるのは、此岸性をめぐり深化の一途を辿る、年来の主題に他ならない。　**48 Caliphat**　カリフを意味する換喩。　**50 conclave**　教皇選出の秘密会議。'scarlet' は枢機卿の衣の色を指す。

Like a Silenus on an antique vase.
How long I slumbered 'tis a chance to guess.
When sense of life returned, I statred up
As if with wings; but the fair trees were gone,
The mossy mound and arbour were no more. 60
I looked around upon the carvèd sides
Of an old sanctuary with roof august,
Builded so high, it seemed that filmèd clouds
Might spread beneath, as o'er the stars of heaven.
So old the place was, I remembered none 65
The like upon the earth: what I had seen
Of grey cathedrals, buttressed walls, rent towers,
The superannuations of sunk realms,
Or Nature's rocks toiled hard in waves and winds,
Seemed but the faulture of decrepit things 70
To that eternal domèd monument.
Upon the marble at my feet there lay
Store of strange vessels and large draperies,
Which needs had been of dyed asbestos wove,
Or in that place the moth could not corrupt, 75
So white the linen; so, in some, distinct

---

62 an old sanctuary 眠りから醒めた詩人の四囲にひらけるのは天上の饗宴を偲ばせた豪華な四阿に代る蒼古とした神殿によって示される。オウシァナスの謂う「赤裸なる実相」にむかう覚醒の暗示に他ならない。 **68 superannuations**＝obsolete remains. The effectiveness of the line depends on Keats's use of the abstract noun 'superannuation' (an archaism for infirmity or decay) as a con-

[29] 『ハイピリオンの没落』より

古代の鉢に描かれたシレヌスの如くに。
寝入りし刻の幾程か　推測の当てどもなく。
　生の蘇るのを覚えたとき　恰も羽搏く如く
つと身を起したが　美しき樹々は失せ
苔生して小高き処も四阿ももはや無かった。
　頭を廻らし　厳かに屋根を葺き
年経た聖殿の　彫刻もて飾る四壁を眺めれば
高々と築かれたその様　薄く層をなす雲の
眼下に拡がり　大空の星々を見渡すばかりと覚えた。
この場の風情はいかにも年古り　地上には相似た処の
記憶に遺るものは絶えて無かった。かつてわが目に留めた
蒼古とした大聖堂　櫓備えの城壁　崩落した高塔
滅亡せる王国の倒れ伏した遺構の有様
或は　風浪の浸蝕に激しく堪えた天然の巌の姿も
永遠の相をおびた　かの伽藍の跡に比すれば
荒廃した物の虚しき残骸にすぎぬと思われた。
足元の大理石の床には　数多の
見馴れぬ器　広やかな掛布があり
その生地は必ずや石綿を染めて織られたか
もしくは　そこでは蛾も蝕みえぬ程に
布地は白無垢、中にはいと鮮やかに

───────

crete noun in the plural. [M. A.]　**70**　**faulture**　a Keatsian invention. *OED* suggests 'Decayed remnants.' [J. B.]　**71**　**To**＝Compared with.

Ran imageries from a sombre loom.
All in a mingled heap confused there lay
Robes, golden tongs, censer and chafing-dish,
Girdles, and chains, and holy jewelleries —— 80

   Turning from these with awe, once more I raised
My eyes to fathom the space every way ——
The embossèd roof, the silent massy range
Of columns north and south, ending in mist
Of nothing, then to eastward, where black gates 85
Were shut against the sunrise evermore.
Then to the west I looked, and saw far off
An Image, huge of feature as a cloud,
At level of whose feet an altar slept,
To be approached on either side by steps, 90
And marble balustrade, and patient travail
To count with toil the innumerable degrees.
Towards the altar sober-paced I went,
Repressing haste, as too unholy there;
And, coming nearer, saw beside the shrine 95
One ministering; and there arose a flame.

---

77 sombre 心を鎮めて機を織る人の真摯な姿を暗示する語と解する。

[29] 『ハイピリオンの没落』より

深沈たる心を機(はた)に織られた紋様の綾なすものも認められた。
式服　黄金の火箸　香炉　吊り香炉
法衣の帯　装飾の鎖　また聖なる宝石類
すべては入り乱れ　雑然と積まれたままに──

　　心畏(かしこ)みつつこれらの物より頭(こうべ)を廻らし　いま一度(ひとたび)
この地を八方に隈(くま)なく測ろうと目(まなこ)をあげると──
浮彫を施した屋根　しんしんと静まる巨大な列柱が
南北にわたり　極まる果は霧に覆われ
見え分かず、東方に目を転ずれば　漆黒の門扉が
昇る日を遮(さえぎ)り永久に閉(とざ)されていた。
次いで　西の方(かた)を望めば　遥かな辺りに
一基の像　その姿の雲の如くに巨(おお)いなるものが認められた。
踏みしめるその足の高さに　一の祭壇が眠るが如く
両脇より　大理石の欄干を設えし階段を辿(しっら)り、
また　無数の段を骨折り数えて進む
忍苦の力により、到りゆくべく鎮座していた。
その祭壇に向い足取しずしずと私は進んだ、
早まれば余りにもその場の神聖に悖(もと)ると　歩みを抑えつつ。
いよいよ近づきゆけば　その御社(みやしろ)の傍らに
祭事を司る者あり　聖火の燃え立つのが認められた。

When in mid-May the sickening East wind
Shifts sudden to the south, the small warm rain
Melts out the frozen incense from all flowers,
And fills the air with so much pleasant health   100
That even the dying man forgets his shroud——
Even so that lofty sacrificial fire,
Sending forth Maian incense, spread around
Forgetfulness of everything but bliss,
And clouded all the altar with soft smoke,   105
From whose white fragrant curtains thus I heard
Language pronounced : 'If thou canst not ascend
These steps, die on that marble where thou art.
Thy flesh, near cousin to the common dust,
Will parch for lack of nutriment——thy bones   110
Will wither in few years, and vanish so
That not the quickest eye could find a grain
Of what thou now art on that pavement cold.
The sands of thy short life are spent this hour,
And no hand in the universe can turn   115
Thy hourglass, if these gummèd leaves be burnt
Ere thou canst mount up these immortal steps.'

---

103 Maian incense＝a scent like that of the flowers of May.〔J. B.〕 マイアは[13]に既出。　**107-117**　この言葉は、エンディミオンを大地の秘奥へ促した 'airy voice'、ハイピリオンに地上への降下を迫った 'region-whisper' を想起せしめるが、前者にはエンディミオンの遍歴に伴う試煉の一環として信順の果に伏在する恩寵の予感が秘められてあり、後者には 'an evident God' の保有する力に対する信頼

[29]　『ハイピリオンの没落』より　　189

五月の半ば　病をつのらせ東より吹く風が　突如として
南の風に変ると、細々と降る暖かい雨が
凍てついたあらゆる花の芳香を溶き放ち
快く健やかな気で虚空を満たし
臨終の人すら　ためにおのが屍衣を忘れ去る──
まさしくそのように　かの高々と燃え立つ犠牲の炎は
女神マイアにゆかりの花の香を放ちつつ　辺り一面
ひとえに浄福の気をうち拡げ　余の事は一切忘却せしめて
ほのぼのと香煙により雲の如く祭壇を包み
その匂い立つ白煙の帷の背後より　次の如く発せられる
言葉が聞かれた。「汝　この階を登ること
能わずば　現に立てる大理石上に死すべし。
汝が肉は　卑しき塵泥にいと近きもの
滋養を喪い乾び果て──汝が骨は
僅かの歳月を経て朽ち崩れ失せ果てん、
上なく鋭き目といえども　その冷たき敷石に
汝が現身の一微粒だに見分くることの叶わぬ程に。
短き汝が生を計る砂は今この刻に尽されて
宇宙に存するいかなる手も　汝が砂時計を
反す能わず　芳しき脂に光るこれら木の葉の燃え尽きなば
汝　これら不滅の階を登り極めえぬ中に。」

──────────

に基づく 'in the van of circumstance' の達成の期待がこめられていた。然るに、この督励の声は生死の二者択一を以て迫り、事の成否は全く詩人の内なる体勢に委ねられている。そこに前二者の場合と大きく異なる点が認められる。**116 gummèd leaves**＝the leaves of some kind of tree with sweet-smelling gum. [J. B.]　'gum' は「樹脂」。**117 immortal steps**　'patient travail' (91) を尽して登りえ

I heard, I looked: two senses both at once,
So fine, so subtle, felt the tyranny
Of that fierce threat, and the hard task proposed.　120
Prodigious seemed the toil; the leaves were yet
Burning——when suddenly a palsied chill
Struck from the pavèd level up my limbs,
And was ascending quick to put cold grasp
Upon those streams that pulse beside the throat.　125
I shrieked; and the sharp anguish of my shriek
Stung my own ears——I strove hard to escape
The numbness, strove to gain the lowest step.
Slow, heavy, deadly was my pace: the cold
Grew stifling, suffocating, at the heart;　　　　　　130
And when I clasped my hands I felt them not.
One minute before death, my iced foot touched
The lowest stair; and as it touched, life seemed
To pour in at the toes: I mounted up,
As once fair Angels on a ladder flew　　　　　　　135
From the green turf to Heaven. 'Holy Power,'
Cried I, approaching near the hornèd shrine,
'What am I that should so be saved from death?

た者に 'mortal' と 'immortal' を結ぶ飛躍的転身をなさしめる階段。Mortality の確認受納が immortality への契機となるとの暗示があろう。　**129 Slow, heavy, deadly**　1818年より1819年にわたるキーツの内的歩調をそのままと言ってよい。それは 'The vale of Soul-making' としての大地の意義に開眼するに到る内部葛藤を貫く忍苦の歩みであった。　**135 a ladder**　Jacob's Ladder のこと(「創世記」

私は聞き　私は見た。視聴の感覚は相共に　すぐさま
すぐれて精妙鋭敏に　この烈しい威嚇(いかく)と
課された難業の　暴圧の力を感じとった。
労苦は莫大と思われた、木の葉はなおも
燃えながら——突如としてその時　麻痺を以(もっ)て襲う悪寒が
敷石の上より　わが四肢を打ち
速やかに昇りつつ　冷酷な力により
わが喉に添い搏動する血脈を捉えようとした。
私は叫びを挙げ　その叫びにこもる鋭い苦悶(くもん)が
わが耳を刺し貫いた——麻痺を逃れようと
私は激しく努め　階の最下段に到り着くべく力を尽した。
その歩みは　遅く　重たく　死を以て迫り、悪寒は
胸元で　息の根を圧迫し止(と)どめるばかりに、
両手(もろて)を握り合せても　互いの感触はえられなかった。
死に先立つこと一瞬にして　凍てついたわが足は
最下段に触れ、その触れるや　生命が爪先にて
注ぎ入るかと思われた。私は登りに登った、
かつて美しき天使たちが緑の草生より
上天へと梯子(はしご)を登り羽搏いた如くに。「神威ある聖なる方よ」
祭壇を角(つの)もて飾る御社(みやしろ)に近づきつつ　私は声あげた、
「そもそも　かくの如く死の手中より救わるる吾は何者ぞ。

28:12)．　**137　the hornèd shrine**　Ancient altars were adorned with horns. [J. B.]

What am I that another death come not
To choke my utterance sacrilegious, here?'   140
Then said the veilèd shadow: 'Thou hast felt
What 'tis to die and live again before
Thy fated hour. That thou hadst power to do so
Is thy own safety; thou hast dated on
Thy doom.' 'High Prophetess,' said I, 'purge off,   145
Benign, if so it please thee, my mind's film.'
'None can usurp this height,' returned that shade,
'But those to whom the miseries of the world
Are misery, and will not let them rest.
All else who find a haven in the world,   150
Where they may thoughtless sleep away their days,
If by a chance into this fane they come,
Rot on the pavement where thou rotted'st half.'
'Are there not thousands in the world,' said I,
Encouraged by the sooth voice of the shade,   155
'Who love their fellows even to the death;
Who feel the giant agony of the world;
And more, like slaves to poor humanity,
Labour for mortal good? I sure should see

142-143 to die...fated hour 前作の 'in the van of circumstance', 'envisage circumstance, all calm', 'die into life' が神々より人間の境位に移され一元集約の表現を得ている。この 'die' は進んで己が無常相を迎え随順する全き没自我、かの「静寂の洞窟」の全擁の境への沈潜を、'live again' はその受容の極限に於て 'fated hour' が外的制約たることを減せられ積極的な然りと創造の源泉に変容するこ

あらためて死の来りて　この地の神聖を瀆す
わが言挙げの息止めぬとは　吾はそも何者であるか」と。
応じて覆面の霊翳なす者の語るには、「汝は身を以て
識ったのである、運命が汝に定めし刻に先んじて
死にかつ蘇ることの真相を。然なす力を持てることこそ
汝自らの救いなれ。汝は己が運命に自ら時を生ぜし者なり」と。
「神意を告ぐる気高き方よ、払い給え、恵み深く
御身の意に適うならば、わが心を覆う帷を」と私は言った。
かの霊翳なす者は言葉を返し、「何人もこの高処に登る能わず
世の悲惨が即ちわが身の悲惨であり
ついに心安らぐ暇なき者を措きては。
余のすべての者　世上に安逸の港を得
深思することなく彼処に睡生して日を過す者
ゆくりもなく　この聖殿に踏み入ることあらば
汝が半ば斃れんとせし敷石の上に亡ぶべし。」
「世には幾千に上る人のあらずや」と私は言った、
この霊翳なす者の柔和な声に力を得　勇を鼓しつつ
「まさしく死に到るまで　おのが同胞をいつくしみ、
世界の巨いなる苦悩を身を以て識る者、
更になお　哀しき人の世に奴隷の如くに仕え
此岸のために善かれと励む者が。現にこの地に

と、いわば否定を介する生の立体的開展を暗示する。更に 'great odes' の制作に先だつ 'Soul-making' の省察との関連もあろう。　**144-145 dated on/Thy doom**＝delayed the moment of your death. [J. B.] 運命の偶然的制約を化して必然となすという意に於て、『荘子』内篇の「物ト春ヲ為ス」「時ヲ心ニ生ズ」(徳充符篇) という自在無礙の境地が併せて念頭される。　**147-149**　この有名な箇処が詩人の回生の秘儀を

Other men here : but I am here alone.' 160
'They whom thou spak'st of are no visionaries,'
Rejoined that voice——'They are no dreamers weak,
They seek no wonder but the human face ;
No music but a happy-noted voice——
They come not here, they have no thought to come—— 165
And thou art here, for thou art less than they——
What benefit canst thou do, or all thy tribe,
To the great world? Thou art a dreaming thing,
A fever of thyself. Think of the Earth ;
What bliss even in hope is there for thee? 170
What haven? Every creature hath its home ;
Every sole man hath days of joy and pain,
Whether his labours be sublime or low——
The pain alone ; the joy alone ; distinct :
Only the dreamer venoms all his days, 175
Bearing more woe than all his sins deserve.
Therefore, that happiness be somewhat shared,
Such things as thou art are admitted oft

説く上の言葉と分ちがたく関連していることを看過してはならない。'Date on [his] doom' という行為の達成こそ此岸世界に根ざすあらゆる惨苦にむかい全面的に開かれた体勢の契機に他ならない。なお、詩人の主題の親となる乾盃が 'all the mortals', 'all the dead' に捧げられたことは、世の悲惨を己が悲惨とする受苦の深さに対する予示的な前奏であったと言ってよい。　**161, 162 visionaries, dreamers**

[29] 『ハイピリオンの没落』より

余の人々を見て然るべきに　吾はただ独りここに在り。」
「汝の語りし者は夢　幻を事とする者にはあらず」
かの声は応えた――「彼らは力弱き夢想家に
　　　　　　　　　　　　　　　　　　あらず
人の顔容(かんばせ)の他に　嘆ずべきものを求めず、
幸福の調(しら)べなす音声の他に　楽(がく)を求めず――
この地に来(きた)ることなし　来らんとの思いも
　　　　　　　　　　　　　　　　　　なし――
而(しこう)して汝はここに在り、そは汝が彼らに劣るが故なり――
恵みを及(およ)すいかなる行為を汝は為しうるや　はた汝と伴なる
あらゆる族(うから)は、大いなる世界に対して。汝は夢みる者なり、
自ら狂熱に駆らるる者。大地に思いを致すがよい。
よし希(ねが)いに止(とど)まるとも汝にはかの地にいかなる至福のありや。
安らぎのいかなる処ありや。悉皆(すべて)の者に故郷はあり、
ありとある個々の者は歓苦の日々を過す
その業(わざ)の崇高なると卑小なるとに関りなく――
ひとえに苦悩を、ひとえに歓喜を、紛れもなく。
夢想家のみ　おのが日々を悉(ことごと)く毒するのである
おのがすべての罪業の負うべきものに勝る禍(わざわい)を身に受けて。
さればこそ　幾何(いくばく)なりと幸福に与(あずか)らしめんがため
汝の如き者どもはしばしば許されて

The words are used here as synonyms. [J. B.]　**163-164**　この2行に対し 'Wonders are no wonders to me. I am more at home amongst Men and women.'(1819年11月17日テイラー宛)という述懐が参考となる。　**168-169　Thou...thyself**　この指摘がこの詩人の夢の中でなされていること、即ち彼が夢の中で自己の境位を明示されていることの含蓄は微妙である。なお、'dreamer' に対するこの強

Into like gardens thou didst pass erewhile,
And suffered in these temples; for that cause   180
Thou standest safe beneath this statue's knees.'
'That I am favoured for unworthiness,
By such propitious parley medicined
In sickness not ignoble, I rejoice——
Ay, and could weep for love of such award.'   185
So answered I, continuing, 'If it please,
Majestic shadow, tell me: sure not all
Those melodies sung into the world's ear
Are useless: sure a poet is a sage,
A humanist, physician to all men.   190
That I am none I feel, as vultures feel
They are no birds when eagles are abroad.
What am I then? Thou spakest of my tribe:
What tribe?'——The tall shade veiled in drooping white
Then spake, so much more earnest, that the breath   195
Moved the thin linen folds that drooping hung
About a golden censer from the hand

い断罪の語気の背後には当時のキーツの内部葛藤の反映が考えられるが、ソネット[23]の冒頭、オード[27]の33-34をはじめ当時の書簡にしばしば認められる 'fever' を斥ける意向を示す言葉にもその心境が窺われる。　**180　suffered**＝permitted.　**184　sickness not ignoble** 162-181 に見られる 'dreamer' に対する厳しい戒告に応え、詩人がこの境位を諾うことは、'dreamer' に対する断罪が決して一方的に単純

[29]　『ハイピリオンの没落』より

先に汝の通りし如き園生（そのう）に入り
また許されてこれらの神殿に来（き）る。その故ありて
汝はこの神像の膝下に立ち事無きをえたのである。」
「ふつつかなるこの身に恵みを受けしこと、
かかる慈悲に厚き応対もて　卑しからぬとはいえ
なお病めるこの身に治療の恩を受けしこと、まことに嬉（うれ）し──
げに　かかる恩賞を賜（たま）いし慈愛に涙せんばかりなり。」
こう私は答え　更に続けて、「畏（かしこ）くも御意に適うものなら、
厳（いつく）しき霊翳（れい）なす方よ、訓え給え。紛れもなきこと
世上の耳に通いゆく歌の調（しらべ）の悉く　必ずしも
用無きものにはあらず。まことに詩人は賢者なり、
なべての者にとり仁の人であり　癒す人である。
吾は詩人ならずとはこの身に沁みて識るところ、鷲（わし）の天翔（あまかけ）る
その折に　自ら鳥にあらずと禿鷹（はげたか）の識る如く。
然らば　吾は何者なりや。御身はわが族（うから）を言い給う。
いかなる族なりや」──白き垂巾（たれぎぬ）に面（おもて）を覆う丈高き
　　　　　　　　　　　　　　　霊翳なす者は
その時語り出で　ひたぶるの語気いやまし　ために
　　　　　　　　　　　　　　　　　吐く息（い）の
その手に吊し持つ黄金の香炉の辺りに
なだれる薄衣（うすぎぬ）のひだをそよがす

なものではなく複雑な振幅を擁していることを暗示する。即ち、'dreamer' は単なる否定態ではなく真の詩人に向う潜勢を宿す可能態を意味している。故に、登段を果した彼に対置される安逸の日々を睡生して了る輩とは根本的に異なり、この 'sickness not ignoble' は 'dreamer' としての彼の内奥を焼き浄め真の詩人に錬成するいわば煉獄の炎に他ならない。彼が許されて四阿よりこの神殿に到る事実は、

Pendant.——'Art thou not of the dreamer tribe?
The poet and the dreamer are distinct,
Diverse, sheer opposite, antipodes.   200
The one pours out a balm upon the world,
The other vexes it.' Then shouted I,
Spite of myself, and with a Pythia's spleen,
'Apollo! faded, far-flown Apollo!
Where is thy misty pestilence to creep   205
Into the dwellings, through the door crannies,
Of all mock lyrists, large self-worshippers
And careless hectorers in proud bad verse.
Though I breathe death with them it will be life
To see them sprawl before me into graves.   210
Majestic shadow, tell me where I am,
Whose altar this; for whom this incense curls;
What image this, whose face I cannot see,
For the broad marble knees; and who thou art,
Of accent feminine so courteous?'   215

  Then the tall shade, in drooping linens veiled,
Spake out, so much more earnest, that her breath

やがてこの神殿に於てハイピリオン没落のヴィジョンを彼が身に受ける次第を思えば、意味深長である。 **199-202** この作の主題が「夢想家」の「詩人」への転身にあることを銘記し、吟味すべき箇処である。キーツに於ける夢が大地離反の危機と同時に此岸性開顕の恩寵をも孕むものであることを併せて想起すべきであろう。 **201 a balm** この 'balm' が「世の悲惨を己が悲惨とする」という悲の相に対する内

[29] 『ハイピリオンの没落』より

ばかりであった。──「汝は夢みる種族の者ならずや。
詩人と夢想家とは明らかに別たれ
異種にして　まさに相反するもの　対蹠をなすものなり。
一は世界に薫り立つ慰めを注ぎ
他はこれに悩みを与う。」時に　吾にもなく
さながらピュティアの激情もて　私は叫んだ、
「アポロよ、神去りて遥けくいますアポロよ、
御身の発する狭霧立つ疫病は何処に、扉の隙より
似て非なるあらゆる抒情の詩人　厚顔なる自尊の輩
不遜にも悪しき韻を連ね慎みもなく壮語をなす者どもの
住居に忍び入る　霧なす疫病は何処にありや。
彼らと共に死の気を吸うとも　吾に先立ち
彼らが墓穴に斃れ伏すのを見るは　生くるに等し。
厳しき霊翳なす方よ、訓え給え　吾は何処にあり
こは何者を祀る祭壇ぞ。誰がためにこの香煙は
渦なし燻り立つのか。大理石に刻む広やかな膝の故その面の
わが目に見えぬ　こは何者の像なりや。また　御身は誰ぞ、
声に女の抑揚をもち　かくも礼に厚き御身は」と。

　その時　垂巾に面を覆う丈高き霊翳なす者は
語り出で　ひたぶるの語気いやまし　ためにその息により

──────────
的体勢により産みなされることは言うまでもない。ここに、オウシァナスの 'Receive the truth, and let it be your balm.' という智慧は有力な照明となろう。**202 The other vexes it** The dreamer 'vexes'——i.e. disturbs and troubles——mankind, because he dwells on the darker side of existence without suggesting a way of facing it. [M. A.] **203 Pythia**　デルポイのアポロの神託を告げる

199

Stirred the thin folds of gauze that drooping hung
About a golden censer from her hand
Pendant; and by her voice I knew she shed 220
Long-treasured tears. 'This temple, sad and lone,
Is all spared from the thunder of a war
Foughten long since by giant hierarchy
Against rebellion; this old image here,
Whose carvèd features wrinkled as he fell, 225
Is Saturn's; I Moneta, left supreme
Sole priestess of his desolation.'
I had no words to answer, for my tongue,
Useless, could find about its roofèd home
No syllable of a fit majesty 230
To make rejoinder to Moneta's mourn.
There was a silence, while the altar's blaze
Was fainting for sweet food: I looked thereon,
And on the pavèd floor, where nigh were piled
Faggots of cinnamon, and many heaps 235
Of other crispèd spice-wood —— then again
I looked upon the altar, and its horns
Whitened with ashes, and its languorous flame,

巫女。なお、医術の神アポロは疫病により人間を罰することも出来る。 **222 all spared**=all that is spared.［M. A.］ **223 giant hierarchy**=Titans. **226 Moneta** 忠告者としての女神ユーノーの別名。この作では前作の 'Mnemosyne' に当る記憶の女神。**supreme**=last. **229 its roofèd home** 舌を宿す処とは「口腔」のこと。 **231 mourn** Keats's use of the word as a noun is individ-

その手に吊し持つ黄金の香炉の辺りに
なだれる紗の淡きひだの揺らぐ
ばかりであった。しかもその音声により　久しく蔵め湛えた
涙をば流しいると識られた。「悲しく寂れしこの神殿は
遠つその昔　叛乱に立ち対い巨神の一統が
干戈を振いし戦の轟く迅雷を免れ
遺りしすべてのもの、ここなる　年古りしこの像は
没落に際しその面に刻まれし皺は深けれ
大神サターンのものなり。吾はモネータ、遺りし最後の者
ただ独り　その荒寥の命運を祀る司祭なり。」
私には答うべき言葉は絶えて無かった。わが舌は
用をなさず　その宿る口蓋の中に
モネータの歎きに応ずべき
相応しく厳かな一言をも見出しえなかったからである。
静寂が立ちこめ、祭壇の炎は
美味しき材を求め絶え絶えに薄れゆく、その様を目にし
石敷きつめた床を見やれば　程近くシナモンの
粗朶うずたかく　その他乾反りし香木の
あまた山と積まれあり——次いでまた目を転じ
祭壇を、飾りの角の白々と灰をかむり
炎のものうげに揺らぐを眺め

---

ual. [M. A.]　**238**　**languorous flame**　火勢の衰えた炎。

And then upon the offerings again;
And so by turns——till sad Moneta cried: 240
'The sacrifice is done, but not the less
Will I be kind to thee for thy goodwill.
My power, which to me is still a curse,
Shall be to thee a wonder; for the scenes
Still swooning vivid through my globèd brain,   245
With an electral changing misery,
Thou shalt with those dull mortal eyes behold,
Free from all pain, if wonder pain thee not.'
As near as an immortal's spherèd words
Could to a mother's soften, were these last: 250
But yet I had a terror of her robes,
And chiefly of the veils, that from her brow
Hung pale, and curtained her in mysteries
That made my heart too small to hold its blood.
This saw that Goddess, and with sacred hand   255
Parted the veils. Then saw I a wan face,
Not pined by human sorrows, but bright-blanched
By an immortal sickness which kills not;
It works a constant change, which happy death

---

246 electral＝electrical. **249 spherèd**＝heavenly. **255-271** 詩人の畏怖の心を和らげるため女神が自ら顔容を示すくだりは、その洞察の深さに於て、登段を果した詩人と女神との問答の場と共に特に注目すべき箇処である。 **258 immortal sickness** A pun on 'mortal sickness', which had special personal significance for Keats, and suggesting here the imaginative concentration in his conception of

[29] 『ハイピリオンの没落』より

また改めて　継ぎ足し捧げる薪(たきぎ)を見返し
交互に繰返すうち——ついに悲しみのモネータは叫びをあげた。
「犠牲の供儀は為された、さりながら
汝の善意に酬(むく)い　吾は汝に厚き情をかけん。
この身に具(そな)わる力は　吾にはなお呪詛なれども
汝にとりては一の驚異ならん。球体(たま)なすわが脳中を
電の走るが如く変転しやまぬ惨苦もて
今なお目くるめくばかり鮮やかに移りゆく場面の数を
力弱き現身(うつしみ)の目(まなこ)もて観ることをば汝に叶えよう
苦痛を何ら覚えずして、驚異の念が苦痛を与えぬものならば。」
不滅の神の天(あま)つ言(こと)が和(やわ)らぎ殆ど母の言葉に等しきまでに
優しく覚える、そのようにこれらの言葉は語られた。
されど　女神の纏(まと)う衣に私はなお畏怖の念を懐(いだ)いた、
わけても　その額より蒼白に垂れ　数多の謎に
女神の面を覆う顔巾(ヴェール)に対して、その謎が
血行を保ちえぬ程にわが心臓を萎縮せしめたからである。
かの女神はこれを看て取るや　聖なる手もて
その顔巾(ヴェール)を開いた。時にわが目にしたのは一の蒼然たる面立(おもだち)、
人の悲しみにより窶(やつ)れしには非ずして、死を致すことなき
不死なる者の病に焼かれて耀(かがや)く顔であった。
その病は絶えざる変容　幸ある死の

---

the mystery and permanence of suffering. [M. A.] **259 a constant change** 流転を事とし動いてやまぬ此岸世界の実相。これを現じているモネータの顔貌は前作で無言のニーモジニーの顔貌にアポロが看取した全擁の相に応ずる。女神のこの'wan face'には、「悦楽の宮」に鎮座し'Beauty that must die'と伴なる覆面憂愁の女神の'the sadness of her might'が見事展開を見せている。

Can put no end to ; deathwards progressing
To no death was that visage ; it had passed
The lily and the snow ; and beyond these
I must not think now, though I saw that face——
But for her eyes I should have fled away.
They held me back, with a benignant light,
Soft-mitigated by divinest lids
Half-closed, and visionless entire they seemed
Of all external things——they saw me not,
But in blank splendour beamed like the mild moon,
Who comforts those she sees not, who knows not
What eyes are upward cast. As I had found
A grain of gold upon a mountain's side,
And twinged with avarice strained out my eyes
To search its sullen entrails rich with ore,
So at the view of sad Moneta's brow
I ached to see what things the hollow brain
Behind enwombèd ; what high tragedy
In the dark secret chambers of her skull
Was acting, that could give so dread a stress
To her cold lips, and fill with such a light

---

265 a benignant light　モネータの顔に認められる 'deathwards progressing/To no death' という相は、絶えざる流転の奥に常に 'to die and live again before [one's] fated hour' という契機を秘めて動いている此岸性を照らすものであり、女神の目の湛えるこの 'benignant light' はその全き受容により生ずる本質的な 'balm' である。それは、己が照らす対象を意識せずひたすら内部にむかって開きなが

絶つ能わざるものを現じ、その面差は死の方へ
進みながらもついに死に到りえず、その白きこと
百合や雪にも勝った。これらの動向の更に彼方を思議するは
私の為すべからざるところ、かの面立を目守るとも──
その双の目がなければ　私は身を翻し逃れ去ったであろう。
その目は　慈光を湛え　私を捉えて離さず
半眼に閉じた神々しき限りの瞼により
穏やかに和みをおびていた。また　外なる物は悉く
その目に映ること絶えてないかと思われた──私を見とめず
穏やかに照る月の如く　白々と耀き光を放った、
おのが目にとめぬ者をも慰め　仰ぎ見る目差の
何人のものか知りもせぬ月の如くに。
山のなぞえで一粒の黄金を見つけ出し
熾烈な欲に駆られ　目を凝らして
金鉱を豊かに蔵するその山の暗き奥処を探ろうとするに似て、
悲痛なモネータの額を眺めた時
私は切実な希いに駆られ　その虚ろな頭脳がいかなる物を
背後に深く擁しているのか、丈高きいかなる悲劇が
その頭蓋の暗く秘めたる房中にて
演ぜられているのか、見ることを欲した。女神の冷たき唇に
かくも畏怖すべき迫力を与え　かくの如き耀きにより

ら却って仰ぎ見る者の心を捉えてやまぬ目より溢れて注ぐ慈光である。
ここにはアポロに 'dying into life' をなさしめたニーモジニーの目の
'eternal calm' が照応する。この慈光には成熟を促し恵む秋の光が紛
れもなく透り、大地のあらゆる営為を擁したギリシャの壺の晴朗な耀
きの変奏がある。これが先の問答で詩人に流転の実相を開顕し再生の
契機を説いた者の眼光であることの意味は極めて重い。　277-279　許

Her planetary eyes; and touch her voice
With such a sorrow——'Shade of Memory!'
Cried I, with act adorant at her feet,
'By all the gloom hung round thy fallen house,
By this last temple, by the golden age, 285
By great Apollo, thy dear foster child,
And by thyself, forlorn divinity,
The pale Omega of a withered race,
Let me behold, according as thou said'st,
What in thy brain so ferments to and fro.' 290
No sooner had this conjuration passed
My devout lips, than side by side we stood
(Like a stunt bramble by a solemn pine)
Deep in the shady sadness of a vale,
Far sunken from the healthy breath of morn, 295
Far from the fiery noon and eve's one star.
Onward I looked beneath the gloomy boughs,
And saw, what first I thought an image huge,
Like to the image pedestalled so high
In Saturn's temple. Then Moneta's voice 300
Came brief upon mine ear: 'So Saturn sat

されてこの神殿に参じた詩人は、別離に先立ち「喜悦の葡萄」を砕きうる者として、この 'high tragedy' を、さながらかつてのキーツが『リア王』の世界に身を焼いて不死鳥の甦りを期した如く、通過してゆく運命を担う。 **283 adorant** A neologism for adoring used this once by Keats. [M. A.] **288 Omega** the last letter of the Greek alphabet; hence, Moneta is the only Titan left after the war with

星と燦めく目を満たし　また　その声にかかる悲しみの
　調を載せうる悲劇の推移を──「記憶を司る霊翳深き方よ」
その足下に跪拝しつつ　私は高く声あげた、
「崩落せる御身の館をめぐり垂れこめるあらゆる薄明にかけ
この終の神殿にかけ　黄金の時代にかけ
御身の慈しみ育てし子、偉いなるアポロにかけ
また　落莫の神　亡びし神統の掉尾に
蒼然と位する　他ならぬ御身にかけ　希わくは
先に語り給いし言葉のまま　御身の脳中に
たぎりつつ前後する動向を観させ給え」と。
この祈念の語の　敬虔なわが唇より
出ずるや否や、相並び吾らは立った
(厳かに聳ゆる松の傍らに矮小な一樹の並び立つごと)
一谿を覆い日翳る悲愁の底いに深く
すくよかなる朝の息吹を遠く離りて沈淪し
燃ゆる日の正午　一点の夕星を遥かに離り。
小暗く翳る枝ぶりの下　前方に目を放ち
私が見とめたのは　当初は巨大な像かと覚えたもの、
サターンを祀る社にありて　高々と御台に鎮座せる
かの像をさながらに。時に　モネータの声
簡潔にわが耳に通り、「おのが領国を喪いし時

---

the Olympians.〔J. B.〕　**293 stunt**＝stunted.　**294**　前作冒頭の1行。

When he had lost his realms.' Whereon there grew
A power within me of enormous ken
To see as a God sees, and take the depth
Of things as nimbly as the outward eye   305
Can size and shape pervade. The lofty theme
At those few words hung vast before my mind,
With half-unravelled web. I set myself
Upon an eagle's watch, that I might see,
And seeing ne'er forget.   310

303-306 'High tragedy' の発端をなすサターンの没落せる姿を眼前にした時、詩人が直ちにこの「巨いなる透見の力」の内に現成するのを自覚することは、ニーモジニーの緘黙に対したアポロの境位に照らせば、積極的な全き受容を契機とするこの詩人の転身の兆の暗示に他ならない。この作はこれより前作と照応並行して展開を進めてゆくが、第1曲468行に続き第2曲61行に至り、キーツは改稿の意図を全く

サターンは坐しかくの如くに」と告げるや、
わが身内に巨いなる透見の力が現成した、
神の見る如く見、物の深処を
外なる目がその大小形態に亘る如く
逸早く捉える、一の観る目の力が。この僅かな言葉を聞くや
高大な主題がわが心の前面に広漠として垂れ渡ったのである、
その脈絡の半ばは解かれぬままに。私は
吾とわが身に鷲の目差を促した、見透しかつ見続けて
ついに忘れ去ることなきようにと。

1819年のキーツのシルエット
(Ch. ブラウン画)

放棄する。彼は、その動機について、この作の措辞に見られるミルトン的技巧の多用を挙げているが、興味深いことに、同時にオード「秋に」([28])の成立をも述べている(9月21日レノルズ宛)。主題を一にする両者の関連の深さを思えば、前作が中断された時その主題が続く'great odes'に授受され展開を進めた如く、「秋に」は異なる発想によりながらこの作の余白を見事に歌い納めている観がある。

[30] 'Bright star! would I were steadfast as thou art'

Bright star! would I were steadfast as thou art——
   Not in lone splendour hung aloft the night
And watching, with eternal lids apart,
   Like nature's patient, sleepless Eremite,
The moving waters at their priestlike task   5
   Of pure ablution round earth's human shores,
Or gazing on the new soft-fallen mask
   Of snow upon the mountains and
                the moors——
No——yet still steadfast, still unchangeable,
   Pillowed upon my fair love's ripening breast,   10
To feel for ever its soft swell and fall,
   Awake for ever in a sweet unrest,
Still, still to hear her tender-taken breath,
And so live ever——or else swoon to death.

---

[30] 1819年10月より12月の間の作と推定される。ファニー・ブローンによせる一連の 'love poems' の1篇。 **1 Bright star** 北極星を指す。 **would**＝I wish. **2 aloft the night**＝high up in the night sky. **3 apart**＝separated. **4 Eremite**＝Hermit. **5-6** 優れた2行。 **6 pure ablution**＝a religious cleansing. Keats sees the ebb and flow of the tides twice daily as a ritual devotedly

[30] 「耀きわたる星よ……」

耀(かがや)きわたる星よ、汝(なんじ)に等しく揺ぎなくあらばこそ——
　されど　燦(さん)としてただ独り　高々と夜空に懸り
永劫の瞼(まぶた)を見開き　堪(た)え忍び夜の目も眠らぬ
　自然界の隠者の如く、目守りつつとにはあらず、
絶えせぬ波のうねりが　人々の生(いのち)を尽す大地の岸辺を廻(めぐ)り
　僧侶に等しく　浄き禊(きよ みそぎ)の行(ぎょう)にいそしむそのさまを、
はたまた　山脈(やまなみ)や曠野(あらの)を覆う新雪の
　ほのぼのと積りしばかりの仮面を視(おもて み)つめつつとにも
　　　　　　　　　　　　　　　　　　　　あらず——
否(いな)——しかもなお　更に揺ぎなく　更に移ろうことなく
　わが恋うる美しき女の豊かに熟れゆく胸を枕に
高く低く仄(ほの)かに起き伏すその脹(ふくら)みを永久(とこしえ)に身に受け、
　甘美にうち震う心境(こころ)にて　永久に目覚めたるまま、
穏やかに出で入る息づかいを　恒(つね)に常に耳にしつつ
そのままに長らえ続けて——さもなくば　喪神の果に死する
　　　　　　　　　　　　　　　　ことをこそ。

---

performed.[M. A.]　**earth's human shores**　キーツ的含蓄を味わうべき句。　**9-14**　この sestet (6行連句) には[24]の第III連を連想させる節がある。

[31] 'This living hand, now warm and
        capable'

This living hand, now warm and capable
Of earnest grasping, would, if it were cold
And in the icy silence of the tomb,
So haunt thy days and chill thy dreaming nights
That thou would wish thine own heart dry of
                                    blood   5
So in my veins red life might stream again,
And thou be conscience-calmed——see here
                                    it is——
I hold it towards you.

──────

[31] 1819年11月に書かれたと考えられる断章。同年11月より12月にかけ執筆された未完の *The Cap and Bells* の草稿の一部に書かれていた。キーツは常にシェイクスピアを範とする戯曲の制作を念願としていたが、これは当時彼の意中にあった戯曲の登場人物の科白の一部と見なされている。1819年はキーツにとり豊かな創造と共に大きな転機の年であったが、戯曲に対する彼の関心を窺わせる興味深い

[31] 「生きているこの手は……」

生きているこの手は　今は温かくしかと物を
摑(つか)みとれるが、もしも冷たくなり
奥津城(おくつき)の氷の閉ざす静寂(しじま)に入れば、そなたの日々に
顕(た)ち現れ　そなたの夢みる夜々を寒からせよう
ために　おのが心の臓の乾涸(しん)び血(ひ)の気の失せなばと
　　　　　　　　　　　　　　　　　　　　希(ねが)う程に、
こなたの血脈に紅き生(いのち)の蘇り流れるよう
そして　疚(やま)しきそなたの心が鎮められ
　　　　　　　　　　安らぐようにと──
さ、御覧あれ──その手を差しのべているのだ。

一例として、7月11日レノルズ宛書簡より 'I have of late been moulting : not for fresh feathers and wings : they are gone, and in their stead I hope to have a pair of patient sublunary legs. I have altered, not from a Chrysalis into a butterfly, but the Contrary, having two little loopholes, whence I may look out into the stage of the world :' という言葉を挙げておく。

ウェントワース邸の居間におけるキーツ
(J. セヴァン画)

解　　説

　1795年10月31日に生まれ1821年2月23日に歿したキーツは、当代の英国に輩出した、ロマン派を代表する詩人の一人として名高い。
　しばしば挙げられるキーツの言葉に

　　O for a Life of Sensations rather than of Thoughts!
　　思惟(しい)の生よりむしろ感応の生をこそ

という句がある。この 'sensation' は、対象に深く感じ入ること、この句の見える書簡(1817年11月22日ベイリー宛)に

　　落日は常にわが内在を正してくれる、また雀が一羽窓前に現れれば、その身と一つになり砂利をあちこち啄(ついば)み歩く

とキーツが言う、対象に同化し一元の体験に到るすぐれた感応の働きを意味する。「形勢逆転」('The Tables Turned')で、書物を棄て

　　Come forth into the light of things, (15)
　　疾(と)く来(きた)れ　物の光のただ中に、

と促すワーズワスの意に即して言えば、物の内なる光、その生命に直ちに感応しうる力に他ならない。対する 'thought' が小賢(こざか)しく理詰めの空疎な思惟を指すことは言うまでもない。従って、この句には想像力を重んずるロマン派の詩人に共通する特質が認められるが、キーツの場合、ここに対置された 'sensation' と 'thought' の関連にやがて微妙な変化が兆し、'thought' の意義の深化と共に、両者が相対より相即の関連

に転じ渾然として固有の詩境を拓(ひら)いてゆくことに注目せざるをえない。

　『エンディミオン』([5])の制作以後、1818年の書簡には「知力の極めてゆるやかな成熟」(1月23日)、「知力の幾分の成熟」(2月19日)、「知識の絶えざる吸飲」(4月24日)等の語句が認められ、作詩に於ても1月31日のソネット「わが命はや終りはせぬかと……」([8])の末尾に於(お)いに '...think/Till love and fame to nothingness do sink.' と抒べる 'think' の含蓄、3月23日の「J. H. レノルズ宛書簡詩」([11])の 'High reason, and the lore of good and ill' (75)に程遠い現状を 'Lost in a sort of purgatory blind' (80)と歎く心境が併せて想起される。更に5月3日には同じくレノルズに宛てて

　　思索する者(thinking people)には豊大な知識(an extensive knowledge)が必要である。それは興奮に駆られる狂熱を除き、観相の力の拡大をもたらすことにより(by widening speculation)神秘の負荷を和らげる助けをなす。……高度の感応(high sensations)が知識(knowledge)を伴うのと伴わぬのと、その相異は次の如く思われる。後者の場合には絶えず一万尋(ひろ)の深みに転落し続け、翼を持たず、むき出しの肩をした者の覚えるあらゆる恐怖にさらされ、再び吹き上げられるのに対し、前者の場合は双肩に全き羽毛をえて、何ら恐れることなく、等しく拡がる大空を翔けぬけてゆく

と述べている。また、同じ書簡の

　　哲理(axioms in philosophy)はそれが我々の血脈により証せられてはじめて哲理である

との発言に照らせば、'thought' は生の深処に於て働く体験

的思索、身を以てする省察を意味し、先に対置された 'sensation' と改めて相即の関連に立ち、互いに深め合う重要な動機に転じていると言ってよいであろう。では、両者が渾然として働く観相乃至洞察の力により、キーツは如何なる問題に対してゆくのであろうか。

キーツが人生を多数の部屋より成る大邸宅にたぐえる有名な比喩を語るのも、上記レノルズ宛書簡であった。我々がまず初めに歩み入る部屋を、彼は思考力のない幼児にたとえ 'the infant or thoughtless Chamber' と呼び

> そこに我々は思索をせぬ限り留まり続ける。長きにわたりそこに留まり、第二の部屋の扉が広々と開け放たれ耀かしい様子を見せてはいても、そちらへ向い急ごうとはしない

と言い、'the Chamber of Maiden-Thought' と呼ぶ第二の部屋に移る契機を

> しかしついに、それとなく、我々の内なるこの思索する本質(this thinking principle)の目覚めに促され

と述べる。これは、この 'thinking principle' が地上の者の生に具わる必然であり、その発動を促す無意識の覚醒がやがて自覚的開眼に到れば、第三の部屋に通ずる扉が自ずと開かれることを意味している。その第二より第三の部屋への移行は

> 第二の部屋に入るや否や、我々はその光と雰囲気に陶然となり、悦ばしい驚異の相のみに目を奪われ、永久にそこに留まり歓娯していたいと思う。しかしながら、第二の部屋に息づくことの生みなす働きの中には、人間本来の性情

を観ぬく眼光をみがき、此岸世界が悲惨、心痛、苦悩、病患、抑圧に満ちていることを身に徹して悟らせる、巨いなる効力が存している。かくして、この処女の思考の部屋は徐々に暗さを増し(gradually darken'd)、同時にこの部屋の八方には多数の扉が開け放たれる。しかもすべては暗く(all dark)、すべてが暗い通路(dark passages)に通じている。我々には善悪の均衡が見えない。我々は霧にとざされる。今こそ我々は例の境地に在る。我々は「神秘の負荷」をありありと感ずる〔強調キーツ〕

と述べられる。今後、彼の詩作に主導律の如く頻出することを思えば、この再三にわたり繰り返される 'dark' をおろそかにすることは出来ない。その「暗い通路」について、キーツは更に

　　我々が生きかつ思索を重ねてゆくならば、我々もまたそれらを踏破することとなろう

と言挙げる。この見事な比喩に於て、何よりも留意すべき点は、我々に必然的に具わる思索の力が、地上の人の本来相と流転してやまぬ此岸世界の実相を対象とし、体験的に深化してゆく処に在ると言わねばならない。その意に於て、例えば、『ハイピリオン』([15])のオウシァナスが

　　. . . to bear all naked truths,
　　And to envisage circumstance, all calm,
　　That is the top of sovereignty. (II. 203-205)

と説く智慧は、キーツが切望した 'high reason' への途上に築かれた、確固とした一道標であった。

　『エンディミオン』は mortal な地上の人である主人公がつ

いには immortal な月神に迎えられる遍歴と試煉(しれん)の物語であり、その遍歴に当り彼が身に受ける最初の試煉は天声に促され降下する地下の体験であり、その成果は自らの 'earthly root' (II. 907)、即ち地上の者の必然に負うべき此岸性の認識に他ならなかった。また、本書に抄出した「悲哀の歌」「静寂の洞窟」に於ても此岸性は明らかに重要な動機であり、更に、この物語に mortality に対する沈潜と随順が immortality への契機を孕(はら)むという暗示を読み取るならば、キーツ自らその詩業の 'pioneer' と見なしたこの意欲的な力作が、すでに、此岸性の深い把捉を問題としていることが明察されるであろう。『リア王』再読を期して詠(よ)まれたソネット ([7]) で、この悲劇は 'the fierce dispute/Betwixt damnation and impassioned clay' (5-6) と要約されている。この 'impassioned clay' が mortal な地上の人を指すこと、'our deep eternal theme' (10) の展開されるこの劇的時空がまさに此岸世界の実相に他ならぬことを思い、身を挺(てい)してこれを体験せんと欲したキーツの真意を正しく領解しなければならない。また、人生を四季にたぐえて抒べるソネット ([10]) で重視される、人間の 'mortal nature' (14) は、後に友人ブラウンと共にするスコットランド旅行中の「バーンズの郷国を訪れた後、スコットランド高地にて」と題する機会詩に

> Scanty the hour and few the steps beyond the bourn of care,
> Beyond the sweet and bitter world—beyond it unaware ;
> Scanty the hour and few the steps, because a longer

>   stay
> Would bar return, and make a man forget his mortal
>   way. (29-32)

　　心労の境を越えて踏み出る時の間は乏しく足取りも
　　　　　　　　　　　　　　　　　　　　また少い、
　　甘苦渾然たる世界の彼方へ――吾知らず越え出ることは。
　　束の間にしてまた足取り少き所以(ゆえん)は、彼方に久しく
　　　　　　　　　　　　　　　　　　　　　留まらば
　　帰路はとざされ、人にはおのが移ろう相を
　　　　　　　　　　　忘却せしむるかと思わるる故

と抒べられる'mortal way'と共に銘記すべき句であり、これを忘却することは地上の者にとり許されざる所業であるとの戒めがキーツの詩作の随処に認められる意義は深重である。「J. H. レノルズ宛書簡詩」に於ける、穏やかな海景の奥処に顕現する'an eternal fierce destruction'(97)は此岸世界の実相を示すヴィジョンであり、まさしく「人生の館」の'dark passages'の開顕に呼応する体験であった。この「暗き通路」の踏破が、時と共にひたすら深化の一途を進める此岸性への随順と肉迫により、果されてゆく実際は、『ハイピリオン』及びキーツの最も壮(さか)んな創造の年となる1819年の相次ぐ傑作に明らかである。

　此岸性をめぐるキーツの熾烈(しれつ)な内部葛藤は、詩作に並行して書簡に見られる折々の省察に、一層如実に看取される。注目すべき一例を挙げれば、在米の弟夫妻に宛てた日記体書簡の1819年4月21日の項に、「涙の谷」を此岸世界に対する誤れる俗称として斥(しりぞ)け、「呼びたければ、世界を『魂を錬成する

谷』("The vale of Soul-making")と呼ぶがよい」と言い、此岸世界に対する絶対の帰依を説くに到る箇処がある。その

> 苦痛と艱難(かんなん)の世界が、理知を訓導し魂と成すため、如何に不可欠であるか分らぬだろうか。心が数多(あまた)の異なる仕方で感受し忍苦せざるをえぬ一の場処が

という覚悟には、大地の意義に開眼し勁い肯定に向う生の漲(みなぎ)りを認めることが出来る。

ここに、簡略ながら、此岸性を対象とするキーツの歩みに注目して来たのは、これがこの詩人の固有の詩境に資する意義を思い、その詩業の精読に当り絶えず考慮すべき重点と考えるからである。

更にいまひとつ、キーツを読むに際し忘れてならぬのは彼のシェイクスピア体験であろう。彼がシェイクスピアを依るべき至高の先達とし、事ある毎に、絶対の信順を以てする往反と肉迫を重ねてやまなかった事実は、書簡に見られる夥(おびただ)しい言及が明らかに示している。また、その随処に語られるすぐれた省察に、両詩人の生の深切な触れ合いの微妙な映発が窺われるのも当然である。

1817年12月21日二人の弟に宛てた書簡で、キーツは例の 'Negative Capability' について語っている。それは、不確実な、神秘不可解な、疑問に満ちた事態に処して、性急に事実はこう理由はしかじかと分別し片づけようとせず、深い受容の体勢を保ち静かに相対していることの出来る「放下、無作為の力」を意味する。換言すれば、地上の生が孕む謎に対してうち開く受納と忍耐と肯定の基盤に他ならない。この資質をシェイクスピアが並々ならず保有していたとの指摘は、

これがシェイクスピア体験(詳説は控えるが、私見によれば、特に『リア王』体験が重きをなしたと推定される)により得られたことを証しているが、例えば、『エンディミオン』『ハイピリオン』『ハイピリオンの没落』([29])の随処に於て、作中の主要な人物もしくは神々がそれぞれの境位に応じおのが運命を拓いて進む際の、'Negative Capability' の発露する相に思いを致せば、これがキーツの人と詩業を解き明かす貴重なしるべであることが納得されるであろう。

　1818年10月27日ウッドハウス宛書簡で、キーツは詩人の資質(the poetical Character itself)について

　　それは一切でありまた無である。特性を持たない。光を楽しみ影を楽しむ。美と醜、高尚と低俗、富裕と窮乏、高貴と卑劣の両者いずれであれ楽しみ過ごす。イアゴーの如き人物を生みなすことにも、イモジェンの場合に等しい歓びを覚える。道学者に衝撃(ショック)となる事がカメレオン的詩人には歓びを与える。それが物事の暗い面を味わい識(し)っても、明るい面を味わうのと同様、何の害にもならない。いずれの場合も観相に帰するのだから

と述べる。この 'every thing and nothing' の 'nothing' は一切万有を容(い)れうる太虚、此岸世界のあらゆる色相を擁する空(くう)に他ならず、この詩人観に認められる全擁の体勢が 'Negative Capability' の一位相であることは言うまでもない。イアゴー、イモジェンへの言及にシェイクスピア体験が偲ばれるが、このすぐれた省察は、『ハイピリオン』のアポロが、まさにこの 'every thing and nothing' の相を体現し、真正の神に転身する秘儀を解く貴重な指標となろう。あるいはま

た、オードの名作に於て、サイキを祀る神域の静寂、ギリシャの壺、夜鶯の囀り、秋の季が全擁のヴィジョンとして顕現する意義に対する暗示を、ここに掬み取ることが出来る。

『エンディミオン』より『ハイピリオン』へ、'circumstance' をめぐる主題の展開に著しい深化の跡が認められるが、その経緯に対し、両作に前後する時期の『リア王』再読を期するソネット及び

> すぐれたものを読んでも、作者と等しい歩みを進めぬうちは、決して、それを充分に感じ取るというわけにはゆかない。……現在、『ハムレット』をかつてない程に読み味わうと言えば、私の言う意味が明らかになるだろう(1818年5月3日レノルズ宛)

という述懐は、キーツの『ハムレット』及び『リア王』体験を探ることが重要な手懸りとなることを示唆している。

ここに書簡よりその一端を挙げた、シェイクスピア体験の意義を誤りなく把捉すれば、キーツの詩業の解明に資する指標がシェイクスピアの作の随処に自ずから見出されるであろう。例えば、ソネット「今宵吾が笑いしは何故……」([18])で、「絢爛たる此岸の旗を綻びたる儘に」見る随順を 'Death is Life's high meed.' (14) という揺ぎない諦観に進める高い観相の体勢に、妖精の夢幻劇の中絶に驚くファーディナンドとミランダに対い

> We are such stuff
> As dreams are made on : and our little life
> Is rounded with a sleep. (*The Tempest*, IV. i. 156-158)
> 吾らは夢を作りなすのと

> 同様の質料(もの)、束(つか)の間(ま)の吾らが生は
> 眠りにより全(まった)けくされる

と語るプロスペロの言葉の含蓄が影さしてはいないかどうか。あるいは、キーツの作中の此岸性に対する内なる成熟の動機が伏在する箇処に対し、盲目のグロスターの絶望を

> Men must endure
> Their going hence, even as their coming hither;
> Ripeness is all. (*King Lear*, V. ii. 9-11)
>
> 人はこの世を去りゆくことを
> まさに生れてくるのと同じく堪(た)えねばならぬ。
> 成熟がすべてなのだ

と諫めるエドガーの言葉は、恒(つね)に新たに、実に図り知れぬ含蓄をおび交響してやまない。

　一人の詩人を識(いき)るには、その詩業を繰り返し精読し吟味を重ねてゆかねばならない。キーツは弟夫妻宛日記体書簡の1819年2月19日の項で

> バイロンは際立つ風姿を見せてはいるが象徴的ではない。シェイクスピアは寓意に富む生涯(a life of Allegory)を過ごした。彼の作品はその生涯に関する註解である

と言っている。多少なりともキーツに心惹かれる者は、この言葉の意を掬み、それをしるべとして作品の精読と吟味を怠ることなく、この魅力ある詩人の実像に近づいてゆくべきであろう。

　なお、詩作と共に必読すべき書簡の主なテクストとしては

　　1　Hyder E. Rollins (ed.), *The Letters of John Keats, 1814-1821*, 2 vols., Harvard University Press,

1958.
2 Robert Gittings (ed.), *The Letters of John Keats*, Oxford University Press, 1970, 1979.

が挙げられる。

　2005 年 2 月

　　　　　　　　　　　　　　　　宮　崎　雄　行

対訳 キーツ詩集──イギリス詩人選(10)

2005年3月16日　第1刷発行
2023年7月5日　第10刷発行

編　者　宮崎雄行

発行者　坂本政謙

発行所　株式会社　岩波書店
　　　　〒101-8002　東京都千代田区一ツ橋2-5-5

案内 03-5210-4000　　営業部 03-5210-4111
文庫編集部 03-5210-4051
https://www.iwanami.co.jp/

印刷・精興社　製本・中永製本

ISBN 978-4-00-322652-0　Printed in Japan

読書子に寄す
―― 岩波文庫発刊に際して ――

　真理は万人によって求められることを自ら欲し、芸術は万人によって愛されることを自ら望む。かつては民を愚昧ならしめるために学芸が最も狭き堂宇に閉鎖されたことがあった。今や知識と美とを特権階級の独占より奪い返すことはつねに進取的なる民衆の切実なる要求である。岩波文庫はこの要求に応じそれに励まされて生まれた。それは生命ある不朽の書を少数者の書斎と研究室とより解放して街頭にくまなく立たしめ民衆に伍せしめるであろう。近時大量生産予約出版の流行を見る。その広告宣伝の狂態はしばらくおくも、後代にのこすと誇称する全集がその編集に万全の用意をなしたる千古の典籍の翻訳企図に敬虔の態度を欠かざりしか。さらに分売を許さず読者を繋縛して数十冊を強うるがごとき、はたしてその揚言する学芸解放のゆえんなりや。吾人は天下の名士の声に和してこれを推挙するに躊躇するものである。この文庫は予約出版の方法を排したるがゆえに、読者は自己の欲する時に自己の欲する書物を各個に自由に選択することができる。携帯に便にして価格の低きを最主とするがゆえに、外観を顧みざるも内容に至っては厳選最も力を尽くし、従来の岩波出版物の特色をますます発揮せしめようとする。この計画たるや世間の一時の投機的なるものと異なり、永遠の事業として吾人は微力を傾倒し、あらゆる犠牲を忍んで今後永久に継続発展せしめ、もって文庫の使命を遺憾なく果たさしめることを期する。芸術を愛し知識を求むる士の自ら進んでこの挙に参加し、希望と忠言とを寄せられることは吾人の熱望するところである。その性質上経済的には最も困難多きこの事業にあえて当たらんとする吾人の志を諒として、その達成のため世の読書子とのうるわしき共同を期待する。

　　昭和二年七月

　　　　　　　　　　　　　　　　　　　　　　　　岩波茂雄

遊戯の終わり	コルタサル	木村榮一訳
秘密の武器	コルタサル	木村榮一訳
ペドロ・パラモ	ファン・ルルフォ	杉山晃・増田義郎訳
燃える平原	ファン・ルルフォ	杉山晃訳
伝奇集	J. L. ボルヘス	鼓直訳
創造者	J. L. ボルヘス	鼓直訳
続審問	J. L. ボルヘス	中村健二訳
七つの夜	J. L. ボルヘス	野谷文昭訳
詩という仕事について	J. L. ボルヘス	鼓直訳
汚辱の世界史	J. L. ボルヘス	中村健二訳
ブロディーの報告書	J. L. ボルヘス	鼓直訳
アレフ	J. L. ボルヘス	鼓直訳
語るボルヘス――書物・不死性・時間ほか	J. L. ボルヘス	木村榮一訳
20世紀ラテンアメリカ短篇選		野谷文昭編訳
ファンタスティコ 短篇集 アツラ純な魂 他四篇	フエンテス	木村榮一訳
アルテミオ・クルスの死	フエンテス	木村榮一訳
緑の家 全二冊	バルガス゠リョサ	木村榮一訳
密林の語り部	バルガス゠リョサ	西村英一郎訳
ラ・カテドラルでの対話	バルガス゠リョサ	旦敬介訳
弓と竪琴	オクタビオ・パス	牛島信明訳
ラテンアメリカ民話集	エイモス・チュツオーラ編	三原幸久編訳
やし酒飲み	エイモス・チュツオーラ	土屋哲訳
薬草まじない	エイモス・チュツオーラ	土屋哲訳
マイケル・K	J. M. クッツェー	くぼたのぞみ訳
キリストはエボリで止まった	カルロ・レーヴィ	竹山博英訳
クアジーモド全詩集		小島正訳
ウンガレッティ全詩集		河島英昭訳
ゼーノの意識	ズヴェーヴォ	堤康徳訳
クオーレ	デ・アミーチス	和田忠彦訳
冗談	ミラン・クンデラ	西永良成訳
小説の技法	ミラン・クンデラ	西永良成訳
世界イディッシュ短篇選		西成彦編訳
シェフチェンコ詩集		藤井悦子編訳

《南北ヨーロッパ他文学》 (赤)

ダンテ
- 新生　山川丙三郎訳
カヴァレリーノ
- 夢のなかの夢　タブッキ／和田忠彦訳
G・ヴェルガ
- カルーシティカーナ 他十一篇　河島英昭訳
《イタリア民話集》全三冊
- カルヴィーノ／河島英昭編訳
カルヴィーノ
- むずかしい愛　和田忠彦訳
- パロマー　和田忠彦訳
- アメリカ講義――新たな千年紀のための六つのメモ　米川良夫訳
- 魔法の庭・他十四篇　和田忠彦訳
- まっぷたつの子爵　河島英昭訳
ペトラルカ
- ルネサンス書簡集　近藤恒一編訳
《無知について》
- ペトラルカ／近藤恒一訳
パヴェーゼ
- 美しい夏　河島英昭訳
- 流刑　河島英昭訳
- 祭の夜　河島英昭訳
- 月と篝火　河島英昭訳
ウンベルト・エーコ
- 小説の森散策　和田忠彦訳

バウドリーノ 全二冊　ウンベルト・エーコ／堤康徳訳
タタール人の砂漠　ブッツァーティ／脇功訳
ラサリーリョ・デ・トルメスの生涯　会田由訳
ドン・キホーテ 前篇 全三冊　セルバンテス／牛島信明訳
ドン・キホーテ 後篇 全三冊　セルバンテス／牛島信明訳
娘たちの空返事 他一篇　モラティン／佐竹謙一訳
プラテーロとわたし　J.R.ヒメネス／長南実訳
オルメードの騎士　ロペ・デ・ベガ／長南実訳
セビーリャの色事師と石の招客　ティルソ・デ・モリーナ／佐竹謙一訳
ティラン・ロ・ブラン 全四冊　M.J.マルトゥレイ、M.J.ダ・ガルバ／田澤耕訳
ダイヤモンド広場　マルセー・ルドゥレダ／田澤耕訳
完訳 アンデルセン童話集 全七冊　大畑末吉訳
即興詩人 全三冊　アンデルセン／大畑末吉訳
アンデルセン自伝　大畑末吉訳
ここに薔薇ありせば 他五篇　ヤコブセン／矢崎源九郎訳
フィンランド叙事詩 カレワラ 全二冊　リョンロット編／小泉保訳
王の没落　イェンセン／長島要一訳

人形の家　イプセン／原千代海訳
令嬢ユリエ　ストリンドベリ／茅野蕭々訳
アミエルの日記 全四冊　河野与一訳
クオ・ワディス 全三冊　シェンキェーヴィチ／木村彰一訳
山椒魚戦争　カレル・チャペック／栗栖継訳
ロボット (R.U.R)　カレル・チャペック／千野栄人訳
白い病　カレル・チャペック／阿部賢一訳
マクロプロスの処方箋　カレル・チャペック／阿部賢一訳
灰とダイヤモンド　アンジェイェフスキ／川上洸訳
牛乳屋テヴィエ　ショレム・アレイヘム／西成彦訳
完訳 千一夜物語 全十三冊　豊島与志雄、佐藤正彰、渡辺一夫、岡部正孝訳
ルバイヤート　オマル・ハイヤーム／小川亮作訳
ゴレスターン　サアディー／沢英三訳
王書 古代ペルシャの神話・伝説　フェルドウスィー／岡田恵美子訳
中世騎士物語　ブルフィンチ／野上弥生子訳
コルタサル短篇集 悪魔の涎・追い求める男 他八篇　木村榮一訳

2023.2 現在在庫 E-2

《東洋文学》(赤)

- 楚辞　小南一郎訳注
- 杜甫詩選　黒川洋一編
- 李白詩選　松浦友久編訳
- 唐詩選　前野直彬注解
- 完訳 三国志 全八冊　小川環樹・金田純一郎訳
- 西遊記 全十冊　中野美代子訳
- 菜根譚　今井宇三郎訳注
- 魯迅評論集　竹内好編訳
- 阿Q正伝・狂人日記 他十二篇　竹内好訳
- 新編 中国名詩選 全三冊　川合康三編訳
- 歴史小品　郭沫若　平岡武夫訳
- 唐宋伝奇集 全二冊　今村与志雄訳
- 聊斎志異　蒲松齢　立間祥介編訳
- 李商隠詩選　川合康三選訳
- 白楽天詩選 全二冊　川合康三訳注

文選 全六冊　川合康三・富永一登・浅見洋二・緑川英樹・和田英信訳注

- 曹操・曹丕・曹植詩文選　川合康三編訳
- ケサル王物語——チベットの英雄叙事詩　アレクサンドラ・ダヴィッド＝ネール／アプール・ユンデン　富樫瓔子訳
- バガヴァッド・ギーター　上村勝彦訳
- ドラウパディー六世紀愛詩集　ヘーマチャンドラ　海老原志穂編訳
- 朝鮮童謡選　金素雲訳編
- 朝鮮短篇小説選 全二冊　大村益夫・長璋吉・三枝壽勝編訳
- 尹東柱詩集 空と風と星と詩　金時鐘編訳
- アイヌ神謡集　知里幸惠編訳
- アイヌ民譚集　付えぞおばけ列伝　知里真志保編訳
- アイヌ叙事詩 ユーカラ　金田一京助採集並訳
- 《ギリシア・ラテン文学》(赤)
- ホメロス イリアス 全二冊　松平千秋訳
- ホメロス オデュッセイア 全二冊　松平千秋訳
- イソップ寓話集　中務哲郎訳
- アイスキュロス アガメムノーン　久保正彰訳
- アイスキュロス 縛られたプロメーテウス　呉茂一訳
- ソポクレース アンティゴネー　中務哲郎訳
- ソポクレス オイディプス王　藤沢令夫訳
- ソポクレス コロノスのオイディプス　高津春繁訳
- エウリーピデース バッカイ——バッコスに憑かれた女たち　逸身喜一郎訳
- ヘシオドス 神統記　廣川洋一訳
- アリストパネース 女の議会　村川堅太郎訳
- アポロドーロス ギリシア神話　高津春繁訳
- ロンゴス ダフニスとクロエー　松平千秋訳
- オウィディウス ギリシア・ローマ抒情詩選——花筐　呉茂一訳
- オウィディウス 変身物語 全二冊　中村善也訳
- ギリシア・ローマ名言集　柳沼重剛編
- ギリシア・ローマ神話 付インド・北欧神話　ブルフィンチ　野上弥生子訳

2023.2 現在在庫　E-1

星の王子さま	サン=テグジュペリ 内藤濯訳
プレヴェール詩集	小笠原豊樹訳
ペスト	カミュ 三野博司訳
サラゴサ手稿 全三冊	ヤン・ポトツキ 畑浩一郎訳
《別冊》	
増補 フランス文学案内	渡辺一夫 鈴木力衛
増補 ドイツ文学案内	手塚富雄 神品芳夫
ことばの花束 ―岩波文庫の名句365―	岩波文庫編集部編
ことばの贈物 ―岩波文庫の名句365―	岩波文庫編集部編
愛のことば ―岩波文庫から―	岩波文庫編集部編
世界文学のすすめ	大岡信 奥本大三郎 小川国夫 沼野充義
近代日本文学のすすめ	加賀乙彦 根岸博信 曾根博義 十川信介編
近代日本思想案内	鹿野政直
近代日本文学案内	十川信介編
ポケットアンソロジー この愛のゆくえ	中村邦生編
スペイン文学案内	佐竹謙一

一日一文 英知のことば	木田元編
声でたのしむ美しい日本の詩	大岡信 谷川俊太郎編

2023.2 現在在庫　D-4

未来のイヴ 全三冊	ヴィリエ・ド・リラダン	渡辺一夫訳
風車小屋だより	ドーデー	桜田佐訳
プチ・ショーズ ある少年の物語	ドーデー	朝倉季雄訳
サフォー パリ風俗	ドーデー	朝倉季雄訳
少年少女	アナトール・フランス	三好達治訳 原千代海訳
テレーズ・ラカン	エミール・ゾラ	小林正訳
ジェルミナール 全三冊	エミール・ゾラ	安士正夫訳
獣人 全三冊	エミール・ゾラ	川口篤訳
氷島の漁夫	ピエール・ロチ	吉氷清訳
マラルメ詩集		渡辺守章訳
脂肪のかたまり	モーパッサン	高山鉄男訳
メゾンテリエ 他三篇	モーパッサン	河盛好蔵訳
モーパッサン短篇選		高山鉄男編訳
わたしたちの心	モーパッサン	笠間直穂子訳
地獄の季節	ランボオ	小林秀雄訳
対訳 ランボー詩集 —フランス詩人選1—	ランボー	中地義和編
にんじん	ルナアル	岸田国士訳

ジャン・クリストフ 全四冊	ロマン・ロラン	豊島与志雄訳
ベートーヴェンの生涯	ロマン・ロラン	片山敏彦訳
シェリー	コレット	工藤庸子訳
ミレー	ロマン・ロラン	蛯原徳夫訳
フランス・ジャム詩集	フランシス・ジャム	手塚伸一訳
三人の乙女たち	アンドレ・ジイド	手塚伸一訳
狭き門	アンドレ・ジイド	川口篤訳
法王庁の抜け穴	アンドレ・ジイド	石川淳訳
モンテーニュ論	アンドレ・ジイド	渡辺一夫訳
ムッシュー・テスト	ポール・ヴァレリー	清水徹訳
精神の危機 他十五篇	ポール・ヴァレリー	恒川邦夫訳
ドガ ダンス デッサン	ポール・ヴァレリー	塚本昌則訳
シラノ・ド・ベルジュラック		鈴木信太郎訳
地底旅行	ジュール・ヴェルヌ	朝比奈弘治訳
八十日間世界一周	ジュール・ヴェルヌ	鈴木啓二訳
海底二万里 全二冊	ジュール・ヴェルヌ	朝比奈美知子訳
死霊の恋・ポンペイ夜話 他三篇	ゴーチエ	田辺貞之助訳
火の娘たち	ネルヴァル	野崎歓訳

パリの夜 —革命下の民衆—	レティフ・ド・ラ・ブルトンヌ	植田祐次編訳
シェリ	コレット	工藤庸子訳
シェリの最後	コレット	工藤庸子訳
生きている過去	レニエ	窪田般彌訳
ノディエ幻想短篇集	ノディエ	篠田知和基編訳
フランス短篇傑作選		山田稔編訳
シュルレアリスム宣言・溶ける魚	アンドレ・ブルトン	巖谷國士訳
ナジャ	アンドレ・ブルトン	巖谷國士訳
ジュスチーヌまたは美徳の不幸	サド	植田祐次訳
とどめの一撃	ユルスナール	岩崎力訳
フランス名詩選		安藤元雄・入沢康夫・渋沢孝輔編
A・O・バルナブース全集 全三冊	ヴァレリー・ラルボー	岩崎力訳
繻子の靴 全二冊	クローデル	渡辺守章訳
心変わり	ミシェル・ビュトール	清水徹訳
悪魔祓い	ル・クレジオ	高山鉄男訳
失われた時を求めて 全十四冊	プルースト	吉川一義訳
シルトの岸辺	ジュリアン・グラック	安藤元雄訳

2023.2 現在在庫 D-3

パサージュ論 全五冊
ヴァルター・ベンヤミン
今村仁司/三島憲一/大貫敦子/高橋順一/塚原史/村岡晋一/山本尤/横張誠/與謝野文子訳

ジャクリーヌと日本人　ヤーコプ・ヴァッサーマン　相良守峯訳

ヴォイツェク　ダントンの死　レンツ　ビューヒナー　岩淵達治訳

人生処方詩集　エーリヒ・ケストナー　小松太郎訳

終戦日記一九四五　酒寄進一訳　アンナ・ゼーガース

第七の十字架 全二冊　新村浩訳　山下肇/

《フランス文学》[赤]

ガルガンチュワ物語　ラブレー第一之書　渡辺一夫訳

パンタグリュエル物語　ラブレー第二之書　渡辺一夫訳

パンタグリュエル物語　ラブレー第三之書　渡辺一夫訳

パンタグリュエル物語　ラブレー第四之書　渡辺一夫訳

パンタグリュエル物語　ラブレー第五之書　渡辺一夫訳

ピエール・パトラン先生　渡辺一夫訳

エセー 全六冊　モンテーニュ　原二郎訳

ラ・ロシュフコー箴言集　二宮フサ訳

ブリタニキュス ベレニス　ラシーヌ　渡辺守章訳

ドン・ジュアン ―石像の宴― モリエール　鈴木力衛訳

いやいやながら医者にされ　モリエール　鈴木力衛訳

守銭奴　モリエール　鈴木力衛訳

完訳 ペロー童話集　新倉朗子訳

寓話 ラ・フォンテーヌ 全三冊　今野一雄訳

カンディード 他五篇　ヴォルテール　植田祐次訳

ルイ十四世の世紀 全四冊　ヴォルテール　丸山熊雄訳

美味礼讃 全二冊　ブリア・サヴァラン　関根秀雄訳

近代人の自由と古代人の自由・征服の精神と簒奪 他一篇　コンスタン　堤林剣/堤林恵訳

恋愛論　スタンダール　杉本圭子訳

赤と黒 全二冊　スタンダール　生島遼一訳

ゴプセック 毬打つ猫の店　バルザック　芳川泰久訳

艶笑滑稽譚 全三冊　バルザック　石井晴一訳

レ・ミゼラブル 全四冊　ユゴー　豊島与志雄訳

ライン河幻想紀行　ユゴー　榊原晃三編訳

ノートル=ダム・ド・パリ 全二冊　ユゴー　松下和則訳

モンテ・クリスト伯 全七冊　アレクサンドル・デュマ　山内義雄訳

三銃士 全二冊　デュマ　生島遼一訳

カルメン　メリメ　杉捷夫訳

愛の妖精（プチット・ファデット）　ジョルジュ・サンド　宮崎嶺雄訳

感情教育 全二冊　フローベール　生島遼一訳

紋切型辞典　フローベール　小倉孝誠訳

ボードレール 悪の華　鈴木信太郎訳

サラムボー 全二冊　フローベール　中條屋進訳

2023.2 現在在庫 D-2

《ドイツ文学》[赤]

ニーベルンゲンの歌 全二冊	相良守峯訳
若きウェルテルの悩み	竹山道雄訳
ヴィルヘルム・マイスターの修業時代 全三冊	山崎章甫訳
イタリア紀行 全三冊	相良守峯訳
ファウスト 全二冊	相良守峯訳
ゲーテとの対話 全三冊	エッカーマン／山下肇訳
スペインの太子 ドン・カルロス	シルレル／佐藤通次訳
ヒュペーリオン —希臘の世捨人—	ヘルデルリーン／渡辺格司訳
青い花 他二篇	ノヴァーリス／青山隆夫訳
夜の讃歌、サイスの弟子たち 他一篇	ノヴァーリス／今泉文子訳
完訳 グリム童話集 全五冊	金田鬼一訳
黄金の壺	ホフマン／神品芳夫訳
ホフマン短篇集	池内紀編訳
影をなくした男	シャミッソー／池内紀訳
流刑の神々・精霊物語	ハイネ／小沢俊夫訳
ブリギッタ 他二篇	シュティフター／宇多五郎訳
森の泉	安国世訳

みずうみ 他四篇	シュトルム／関泰祐訳
村のロメオとユリア	ケラー／草間平作訳
沈鐘	ハウプトマン／阿部六郎訳
地霊・パンドラの箱 ルル二部作	ヴェデキント／岩淵達治訳
春のめざめ	F・ヴェデキント／酒寄進一訳
花・死人に口なし 他七篇	シュニッツラー／番匠谷英一訳
ゲオルゲ詩集	手塚富雄訳
リルケ詩集	高安国世訳
ドゥイノの悲歌	リルケ／手塚富雄訳
ブッデンブローク家の人びと 全三冊	トオマス・マン／望月市恵訳
トオマス・マン短篇集	実吉捷郎訳
魔の山 全二冊	トーマス・マン／望月市恵訳
トニオ・クレエゲル	トオマス・マン／実吉捷郎訳
ヴェニスに死す 他五篇	トオマス・マン／実吉捷郎訳
ドイツとドイツ人 他一篇 講演集	トーマス・マン／青木順三訳
リヒャルト・ワーグナーの苦悩と偉大 他一篇 講演集	トーマス・マン／青木順三訳
車輪の下	ヘルマン・ヘッセ／実吉捷郎訳

デミアン	ヘルマン・ヘッセ／実吉捷郎訳
シッダルタ	ヘッセ／手塚富雄訳
ルーマニア日記	カロッサ／高橋健二訳
幼年時代	カロッサ／斎藤栄治訳
ジョゼフ・フーシェ —ある政治的人間の肖像—	シュテファン・ツワイク／高橋禎二・秋山英夫訳
変身・断食芸人	カフカ／山下肇・萬里子訳
審判	カフカ／辻瑆訳
カフカ寓話集	池内紀編訳
カフカ短篇集	池内紀編訳
ドイツ炉辺ばなし集 カレンダーゲシヒテン	木下康光編訳
ウィーン世紀末文学選	池内紀編訳
チャンドス卿の手紙 他十篇	ホフマンスタール／檜山哲彦訳
ホフマンスタール詩集	川村二郎訳
ドイツ名詩選	生野幸吉・檜山哲彦編
聖なる酔っぱらいの伝説 他四篇	ヨーゼフ・ロート／池内紀訳
暴力批判論 他十篇 ベンヤミンの仕事1	ベンヤミン／野村修編訳
ボードレール 他五篇 ベンヤミンの仕事2	ベンヤミン／野村修訳

2023.2 現在在庫　D-1

《アメリカ文学》(赤)

ギリシア・ローマ神話 付 インド・北欧神話　ブルフィンチ／野上弥生子訳　全二冊
中世騎士物語　ブルフィンチ／野上弥生子訳
フランクリン自伝　松本慎一・西川正身訳
フランクリンの手紙　蕗沢忠枝編訳
スケッチ・ブック　アーヴィング／齊藤昇訳　全二冊
アルハンブラ物語　アーヴィング／平沼孝之訳
ウォルター・スコット邸訪問記　アーヴィング／齊藤昇訳
完訳 緋文字　ホーソーン／八木敏雄訳
哀詩 エヴァンジェリン　ロングフェロー／斎藤悦子訳
黒猫・モルグ街の殺人事件 他五篇　ポオ／中野好夫訳
対訳 ポー詩集 —アメリカ詩人選〔１〕　加島祥造編
完訳 ユリイカ　ポオ／八木敏雄訳
ポオ評論集　八木敏雄編訳
森の生活 〔ウォールデン〕　ソロー／飯田実訳　全二冊
白 鯨　メルヴィル／八木敏雄訳　全三冊
ビリー・バッド　メルヴィル／坂下昇訳

ホイットマン自選日記　ホイットマン／杉木喬訳　全二冊
対訳 ホイットマン詩集 —アメリカ詩人選〔２〕　木島始編
対訳 ディキンスン詩集 —アメリカ詩人選〔３〕　亀井俊介編
不思議な少年　マーク・トウェイン／中野好夫訳
王子と乞食　マーク・トウェイン／村岡花子訳
人間とは何か　マーク・トウェイン／中野好夫訳
ハックルベリー・フィンの冒険　マーク・トウェイン／西田実訳　全二冊
いのちの半ばに　ビアス／西川正身編訳
新編 悪魔の辞典　ビアス／西川正身編訳
ねじの回転・デイジー・ミラー　ヘンリー・ジェイムズ／行方昭夫訳
荒野の呼び声　ジャック・ロンドン／海保眞夫訳
死の谷　ノリス／石田英二訳
シスター・キャリー　ドライサー／村山淳彦訳
響きと怒り　フォークナー／平石貴樹・新納卓也訳
アブサロム、アブサロム！　フォークナー／藤平育子訳　全二冊
八月の光　フォークナー／諏訪部浩一訳
武器よさらば　ヘミングウェイ／谷口陸男訳

オー・ヘンリー傑作選　大津栄一郎訳
黒人のたましい　W.E.B.デュボイス／木島始・鮫島重俊・黄寅秀訳
フィッツジェラルド短篇集　佐伯泰樹編訳
アメリカ名詩選　亀井俊介・川本皓嗣編
青 白 い 炎　ナボコフ／富士川義之訳
風と共に去りぬ　マーガレット・ミッチェル／荒このみ訳　全六冊
対訳 フロスト詩集 —アメリカ詩人選〔４〕　川本皓嗣編
とんがりモミの木の郷 他五篇　セアラ・オーン・ジュエット／河島弘美訳

2023.2 現在在庫　C-3

分らぬもんですよ	バーナード・ショウ　市川又彦訳
ヘンリ・ライクロフトの私記	ギッシング　平井正穂訳
南イタリア周遊記	ギッシング　小池滋訳
闇の奥	コンラッド　中野好夫訳
密偵	コンラッド　土岐恒二訳
対訳 イェイツ詩集 ―イギリス詩人選11	高松雄一編
月と六ペンス	モーム　行方昭夫訳
人間の絆 全三冊	モーム　行方昭夫訳
サミング・アップ	モーム　行方昭夫訳
モーム短篇選 全二冊	モーム　行方昭夫編訳
アシェンデン ―英国情報部員のファイル	モーム　岡田久年訳
お菓子とビール	モーム　行方昭夫訳
ダブリンの市民	ジョイス　結城英雄訳
荒地	T・S・エリオット　岩崎宗治訳
悪口学校	シェリダン　菅泰男訳
サキ傑作集	河田智雄訳
オーウェル評論集	小野寺健編訳
パリ・ロンドン放浪記	ジョージ・オーウェル　小野寺健訳
動物農場　―おとぎばなし―	ジョージ・オーウェル　川端康雄訳
対訳 キーツ詩集 ―イギリス詩人選10	宮崎雄行編
キーツ詩集	中村健二訳
阿片常用者の告白	ド・クインシー　野島秀勝訳
オルノーコ 美しい浮女	アフラ・ベイン　土井治訳
解放された世界	H・G・ウェルズ　浜野輝訳
大転落	イヴリン・ウォー　富山太佳夫訳
回想のブライズヘッド 全三冊	イーヴリン・ウォー　小野寺健訳
愛されたもの	イーヴリン・ウォー　中村健二訳
対訳 ジョン・ダン詩集 ―イギリス詩人選2	湯浅信之編
フォースター評論集	小野寺健編訳
白衣の女 全三冊	ウィルキー・コリンズ　中島賢二訳
アイルランド短篇選	橋本槇矩編訳
灯台へ	ヴァージニア・ウルフ　御輿哲也訳
狐になった奥様	ガーネット　安藤貞雄訳
フランク・オコナー短篇集	阿部公彦訳
たいした問題じゃないが ―イギリス・コラム傑作選	行方昭夫編訳
英国ルネサンス恋愛ソネット集	岩崎宗治編訳
文学とは何か ―現代批評理論への招き― 全二冊	テリー・イーグルトン　大橋洋一訳
D・G・ロセッティ作品集	松村伸一編訳
真夜中の子供たち 全二冊	サルマン・ラシュディ　寺門泰彦訳

2023.2 現在在庫　C-2

《イギリス文学》(赤)

ユートピア トマス・モア 平井正穂訳
完訳カンタベリー物語 全三冊 チョーサー 桝井迪夫訳
ヴェニスの商人 シェイクスピア 中野好夫訳
十二夜 シェイクスピア 小津次郎訳
ハムレット シェイクスピア 野島秀勝訳
オセロウ シェイクスピア 菅泰男訳
リア王 シェイクスピア 野島秀勝訳
マクベス シェイクスピア 木下順二訳
ソネット集 シェイクスピア 高松雄一訳
ロミオとジューリエット シェイクスピア 平井正穂訳
リチャード三世 シェイクスピア 木下順二訳
対訳 シェイクスピア詩集 —イギリス詩人選[1] 柴田稔彦編
から騒ぎ シェイクスピア 喜志哲雄訳
冬物語 シェイクスピア 桑山智成訳
言論・出版の自由 他一篇 —アレオパジティカ ミルトン 原田純訳
失楽園 全二冊 ミルトン 平井正穂訳

奴婢訓 他一篇 スウィフト 深町弘三訳
ガリヴァー旅行記 スウィフト 平井正穂訳
ジョウゼフ・アンドルーズ 全三冊 フィールディング 朱牟田夏雄訳
トリストラム・シャンディ 全三冊 ロレンス・スターン 朱牟田夏雄訳
ウェイクフィールドの牧師 —むかしばなし ゴールドスミス 小野寺健訳
幸福の探求 —アビシニアの王子ラセラスの物語 サミュエル・ジョンソン 朱牟田夏雄訳
対訳 ブレイク詩集 —イギリス詩人選[4] 松島正一編
ワーズワス詩集 —イギリス詩人選[3] 山内久明編
湖の麗人 スコット 入江直祐訳
キプリング短篇集 橋本槇矩編訳
高慢と偏見 全三冊 ジェイン・オースティン 富田彬訳
ジェイン・オースティンの手紙 新井潤美編訳
マンスフィールド・パーク 全三冊 ジェイン・オースティン 宮丸裕二訳
エリア随筆抄 チャールズ・ラム 南條竹則編訳
デイヴィッド・コパフィールド 全五冊 ディケンズ 石塚裕子訳
炉辺のこほろぎ ディケンズ 本多顕彰訳
ボズのスケッチ 短篇小説篇 全二冊 ディケンズ 藤岡啓介訳

アメリカ紀行 全二冊 ディケンズ 伊藤弘之・下笠徳次・隈元貞広訳
イタリアのおもかげ 全二冊 ディケンズ 石塚裕子訳
大いなる遺産 全二冊 ディケンズ 佐々木徹訳
荒涼館 全四冊 ディケンズ 佐々木徹訳
ジェイン・エア 全三冊 シャーロット・ブロンテ 河島弘美訳
サイラス・マーナー ジョージ・エリオット 土井治訳
嵐が丘 全二冊 エミリー・ブロンテ 河島弘美訳
アルプス登攀記 全二冊 ウィンパー 浦松佐美太郎訳
アンデス登攀記 全二冊 ウィンパー 大貫良夫訳
ジーキル博士とハイド氏 スティーヴンスン 海保眞夫訳
南海千一夜物語 スティーヴンスン 中村徳三郎訳
若い人々のために 他十一篇 スティーヴンスン 岩田良吉訳
怪談 不思議なことの物語と研究 ラフカディオ・ハーン 平井呈一訳
ドリアン・グレイの肖像 オスカー・ワイルド 富士川義之訳
サロメ ワイルド 福田恆存訳
嘘から出た誠 ワイルド 岸本一郎訳
童話集 幸福な王子 他八篇 オスカー・ワイルド 富士川義之訳

2023.2 現在在庫 C-1

岩波文庫の最新刊

構想力の論理 第一
三木清著

パトスとロゴスの統一を試みるも未完に終わった、三木清の主著。〈第一〉には、「神話」「制度」「技術」を収録。注解＝藤田正勝。〔全二冊〕

〔青一四九-一〕　定価一〇七八円

モイラ
ジュリアン・グリーン作／石井洋二郎訳

極度に潔癖で信仰深い赤毛の美少年ジョゼフが、運命の少女モイラに魅入られ……。一九三〇年のヴァージニアを舞台に、端正な文章で綴られたグリーンの代表作。

〔赤N五二〇-一〕　定価一二七六円

イギリス国制論（下）
バジョット著／遠山隆淑訳

イギリスの議会政治の動きを分析した古典的名著。下巻では、政権交代や議院内閣制の成立条件について考察を進めていく。第二版の序文を収録。〔全二冊〕

〔白一二二-二〕　定価一一五五円

俺の自叙伝
大泉黒石著

ロシア人を父に持ち、虚言の作家と貶められた大正期のコスモポリタン作家、大泉黒石。その生誕からデビューまでの数奇な半生を綴った代表作。解説＝四方田犬彦。

〔緑二二九-一〕　定価一一五五円

──今月の重版再開──

李商隠詩選
川合康三選訳

〔赤四二-一〕　定価一一〇〇円

新渡戸稲造論集
鈴木範久編

〔青一一八-二〕　定価一一五五円

定価は消費税10％込です　2023.5

岩波文庫の最新刊

精神の生態学へ（中）
グレゴリー・ベイトソン著／佐藤良明訳

コミュニケーションの諸形式を分析し、精神病理を「個人の心」から解き放つ。中巻は学習理論・精神医学篇。ダブルバインドの概念、アルコール依存症の解明など。〈全三冊〉〔青N六〇四-三〕　定価一二一〇円

無垢の時代
イーディス・ウォートン作／河島弘美訳

二人の女性の間で揺れ惑う青年の姿を通して、時代の変化にさらされる〈オールド・ニューヨーク〉の社会を鮮やかに描く。ピューリッツァー賞受賞作。〔赤三四五-一〕　定価一五〇七円

ロンバード街 ──ロンドンの金融市場──
バジョット著／宇野弘蔵訳

一九世紀ロンドンの金融市場を観察し、危機発生のメカニズムや「最後の貸し手」としての中央銀行の役割について論じた画期的著作。改版。〔解説=翁邦雄〕〔白一二二-一〕　定価一三五三円

中上健次短篇集
道籏泰三編

中上健次(一九四六-一九九二)は、怒り、哀しみ、優しさに溢れた人間のあり方を短篇小説で描いた。『十九歳の地図』『ラプラタ綺譚』等、十篇を精選。〔緑二三〇-一〕　定価一〇〇一円

── 今月の重版再開 ──

好色一代男
井原西鶴作／横山重校訂

〔黄二〇四-一〕　定価九三五円

有閑階級の理論
ヴェブレン著／小原敬士訳

〔白二〇八-一〕　定価一二一〇円

定価は消費税10％込です　　2023. 6